תקלה בקצה הגלקסיה
אתגר קרת

銀河の果ての落とし穴

エトガル・ケレット
広岡杏子＝訳

河出書房新社

銀河の果ての落とし穴　目次

銀河の果ての落とし穴

エリとガイへ

前の前の回におれが大砲からブッ放されたとき

前の前の回におれが大砲からブッ放されたのは、オデリアが息子と出ていったときだった。当時おれはちょうど町にやってきたルーマニアのサーカス団の檻《おり》の清掃員として働いていた。ライオンの檻もクマの檻も三十分でおわったが、象の檻は悪夢だった。背中は痛えし、そこら中クソの臭いがプンプンした。おれの生活は破たんしていて、クソの臭いはそれに追い打ちをかけた。休憩がいると感じて檻の外の角っこに陣取ってハッパを巻いた。その前に手さえ洗わなかった。

何吸いかしたあと、背後でわざとらしい小さな咳《せき》の音が聞こえた。サーカス団の団長だ。イジョという名前でサーカス団をカードゲームで勝ち取ったのだ。地元でサーカス団を所有していた年寄りのルーマニア人がクイーンを三枚持っていたのに対し、イジョは四枚持っていた。雇われた初日にその話を聞かされた。「だますとはじめからわかってて、運を必要とするやつなんかいないだろ」とイジョは言ってウィンクした。仕事の途中で勝手に休憩をいれたおれにイジョは当然キレると思ってたが、全然怒ってるように見えない。「おい」とイジョはおれに言う。「千シェケル、楽に稼ぎたいか?」おれがうなずくとイジョは続ける。「ちょうどうちの人間大砲であるイシュトバンがトレーラーにいたんだがな。完全に酔っぱらってる。起こせないし、ショーはあと十五分で始まるときてる……」イジョは指をそろえた手で空中に大砲の弾道を描き、ずんぐりとした指がおれの額をピンとはねて着地した。「イシュトバンと交代してくれれば現金で千やろう」

「大砲から発射されたことなんてないんですが」とおれは言ってもうひと吸いする。「あるに決まってんだろ」とイジョ。「奥さんが出ていったとき、息子がお前なんか用なしだからもう二度と会いたくないって言ったとき、デブ猫が逃げ出したとき。いいか、人間大砲になるために身体のキレも、しなやかさも、タフさもいらない。ただ孤独でみじめなだけで十分だ」

「孤独じゃない」とおれは反抗した。「本当か?」イジョはニヤリとする。「なら言ってみろ——セックスをのぞいて、最後に女が微笑《ほほえ》んでくれたのはいつだ?」

ショーの前に銀色のジャンプスーツを着させられた。でかい赤鼻をつけた年寄りのピエロに、発射される前に受けておくガイダンスがあるか聞いた。「大事なのは」とピエロはつぶやく。「身体をリラックスさせることだ。それか身体を縮ませるかのどっちかだな。ちゃんと覚えてねえけどさ。あとは的を外さないように前方にまっすぐ飛ぶことだ」

「それだけ?」とおれは聞いた。銀色のジャンプスーツを着ていても、まだ象のクソの臭いがした。サーカス団の団長がやってきておれの背中を叩いた。「覚えておけ」とイジョは言う。「的にめがけて発射されたあとはすぐにステージに戻ってきて、にっこり笑っておじぎをするんだ。そんなことあっちゃまずいが、痛みがあったりどこか折れたりしても、そのまま続けて観客に気づかれないように隠せよ」

観客は大盛り上がりだった。おれを大砲に押し込んだピエロたちに拍手が送られると、おもちゃの水鉄砲を持った長身のピエロが導火線に火をつける直前におれに聞く。「マジでやりたいのか？　いまがあと戻りする最後のチャンスだぜ」おれがうなずくとピエロは「前に人間大砲をしてたイシュトバンが肋骨《ろっこつ》を十本折って病院送りになったの、知ってるか？」と言った。「いや」とおれ。「あいつはただちょっと酔っぱらってるだけだ。トレーラーの中で寝てるよ」「ま、なんとでもいいな」おもちゃの水鉄砲を持ったピエロはため息をつき、マッチに火をつけた。

今思えば、どう考えても大砲の角度が急すぎた。的に当たる代わりにおれは上方へ飛んでいき、天幕をぶち抜いて、空へと高く高く、すべてを覆う黒い雲の層のすぐ下まで飛んでった。前にオデリアと映画を観た、廃《すた》れたドライブイン映画館の上を飛んだ。カサカサ音のするレジ袋を持ち犬を数匹連れた男がうろついてるグラウンドの上を飛ぶと、ボール遊びをしていた幼いマックスが真上を飛んでいるおれを見上げて微笑みながら手をふってくれ、ゴミ箱の裏でデブ猫のタイガーが鳩を狙っているアメリカ大使館近くのヤルコン通りの上を飛んだ。その数秒後、水の中にドボンと突っ込むと、岸にいた数少ない人たちが立ち上がって拍手をしてくれ、海から出ると鼻ピアスをした若い女性が手に持っていたタオルを差し出して微笑んでくれた。

もう一度サーカスの通りに戻ったとき服はまだ濡れていて、すでにあたり一面暗くなっていた。テントは空っぽで、テントの真ん中、おれが放たれた大砲の横にイジョが座ってレジの金を数えていた。「的を外したな」とイジョは不満気につぶやいた。「しかも約束どおりおじぎをしに戻ってこなかったじゃないか。取り分は四百シェケルに減らしといたからな」イジョはしわくちゃになった数枚の札を差し出し、おれが受け取らないのを見ると東欧的な鋭い視線でおれを見つめて、「おい、どっちだ？　金を受け取るのか、おれと言い争うのか？」と言った。「金のことは気にすんな、イジョ」とおれはウィンクして大砲の砲口へと歩を進めた。「なあ頼むから、もう一度おれをブッ放してくれ」

とっとと飛べ

　最初に気がついたのはピットピットだ。ぼくたちが公園へボール遊びに行く途中、ピットピットが首をそらせてぼくの頭のはるか上へ視線を向け、「パパ、見て！」と言った。ＵＦＯかピアノが落っこちてくると想像する間もなく、何かめちゃくちゃヤバいことが起きてる、という予感に襲われる。だけど、ピットピットが見ている方に顔を向けても、見えるのはある種の皮膚病にかかっているみたいに塗装材とエアコンで全体を覆われた四階建ての不恰好な建物だけだ。太陽が頭上にあって少し目がくらみ視点を定めようとしていると、ピットピットが「あの人、飛ぼうとしてるよ」と言うのが聞こえる。屋上の柵《さく》の上に立っている男の姿をぼくはやっと捉え、男は下の方を、ぼくの方をまっすぐ見ていて、うしろでピットピットが「あの人ってスーパーマン？」と小声で言うのが聞こえる。ピットピットに答える代わりに、ぼくは男に向かって「やめろ！」と叫ぶ。

　男はぼくをうつろな目で見ている。ぼくは男にむかって叫ぶ。「やめろ、頼むから！　理由が何にせよ――どうにもならないって思うだろうけど、どうにかなる、本当だ。今飛び降りたら、その出口のない思いをあとに残すことになる。それが人生最後の記憶になってしまう。家族でもなく、愛情でもなく、敗北感だけが残る。でも、もし生きてたら、悲しみや絶望は消えていくって約束する。それに今日から数年の間に全部ビール片手に話すような笑い話になる。昔ある建物の屋上から飛び降りようとしたことがあったけど、下に立っていた男がこっちに向かって叫んで、なんて話に……」

「えーっ?」屋上の男は耳を指さして叫び返す。道路の騒音のせいでぼくが何を言ってるのか聞こえないらしい。もしくは騒音のせいじゃないかも、ぼくには男の「えーっ?」という声がしっかり聞こえたから。男は単に耳が聞こえないのかもしれない。たぶん、聴力に問題があるのだ。ピットピットはぼくが巨大なバオバブの木であるみたいに、ぼくの腰を腕いっぱいに抱えながら男に向かって「超能力があるのー?」と叫ぶが、男は聞きとれない、というふうにまた耳を指さして、「やってられるか! もうおわりだ! なんでこんな目にあうんだ!」と叫ぶ。ピットピットはお互いまったく通常の会話を保っているみたいに「ほら、今だ! とっとと飛べ!」と叫び返し、ぼくは例の、すべて自分のせいだとわかっているときにいつもやってくる不安に襲われた。

仕事中にはしょっちゅう襲われる。家族と一緒のときにも襲われるが、多くはない。サハネ国立公園に行く途中、ブレーキをかけて止まろうとして、タイヤがロックされていたときみたいに。車は路面を滑りだし、ぼくは、「どうにかしなきゃ、一巻の終わりだ」と心の中でつぶやいた。このサハネの一件はぼくの手には負えず、事故は深刻だった。シートベルトをしていなかったリアットだけが死に、ぼくは子どもたちと残された。ピットピットは当時二歳でやっと何かをしゃべれる程度だったが、ノアムは「ママはいつ帰ってくるの? ねえママはいつ帰ってくる?」とぼくに聞き続け、葬式のあとでそれについてノアムにいろいろと話をした。ノアムは当時八歳で、人が死ぬということを理解できそうな年齢だったが、ぼくに聞くことを止めなかった。ぼくはといえば、そのいらいらするような質問攻撃を抜きにしても、すべて自分のせいで起きたとわかってたし、もう何もかも終わらせたかった。まさに、屋上の男のように。しかし、ぼくはそこから脱け出した。今では松葉づえなしで歩いてるし、シモナと暮らしてるし、いいパパでもある。屋上にいる男にそのこと全部を伝えたくて、今君の感じてることがぼくにはわかる、でももしピザみたいに歩道にべたっと伸びてしまえばすべてはふいになってしまう、と伝えたかった。大丈夫。この青い地球上で以前のぼくより堕ちた人間なんていない。そこから降りて、自分に一週間くれてやるだけでいい。一か月。必要とあれば一年だって。

でもどうやってそれを半分耳の聞こえない人間に伝えるのだ？　その間にもピットピットはぼくの手をひっぱって「あの人、今日飛ばないよ。行こう、パパ。公園に行こうよ。暗くなっちゃう前にさ」と言った。だけどぼくはその場に張りついたまま、あらゆる力を振り絞って「ただでさえ人はハエみたいに常に死んでいるんだ、自殺でなくたって。やめろ！　頼むから、やめろ！」と叫ぶ。今回は何か聞こえたらしく、屋上の男はうなずいて、「なんでわかった？　彼女が死んだってなんでわかったんだ？」と叫び返してくる。常に誰かしらは死んでいる、とぼくは叫び返したい。常に。仮に彼女でなくても誰か別の人が。でも、それじゃ男を下に降ろせないので、代わりに「ここに子どもがいるんだ」と叫んで、ピットピットを指さす。「この子はそんなもの、見るべきじゃない」するとぼくの隣にいたピットピットは、「ぼくここだよ！　ここにいるよ！　とっとと飛べ！　暗くなっちゃう前に！」と叫ぶ。もう十二月で、たしかに暗くなるのは早くなっている。

もし男が飛び降りたら――それはぼくの良心にも関わる。マカビー病院の精神分析医イレーナは、あなたが終わったら家に帰れる的な目でまたぼくを見て「あなたのせいじゃないのよ。それを頭の中に入れておかないと」と言うだろう。あと二分で診療がおわり、イレーナが保育園に娘を迎えに行かなきゃいけないのを知ってるぼくはうなずくだろうが、それじゃどうにもならないのもわかっていて、というのもリアットとノアムのガラスの目に加えて、ぼくはこの半分耳の聞こえない男を背負いこまなきゃならないからだ。この男を生かさなければ。「そこで待ってろ！」とぼくは声を限りに男に叫んだ。「一分待ってくれ！　話をしにそこまで上がるから！」

するとと男は「彼女なしではだめなんだ！　無理なんだ！」と上から叫び返し、ぼくは「ちょっと待て！」と叫び、ピットピットに「行こう、ピットピット。屋上に上がろう」と言う。するとピットピットはぼくが苦汁を飲まされる前にする例のかわいい仕草で「やだ」と首を振り、「あの人が飛ぶんならこっからのほうがよく見える」と言う。

「あの人は飛ばないよ」とぼくは言う。「今日は飛ばないんだ。さあ、上がろう。ほんのちょっとだから。パパ、あの人に言わなきゃいけないことがあるんだ」「だったらこっから叫んでよ」と、ピットピットはグズる。ピットピットの腕がぼくの手からするりと抜けて、デパートでシモナとぼくによくやるように歩道の上に寝っ転がる。「屋上までかけっこだ」とぼくは言う。「ストップなしで屋上についたら、賞品のアイスがもらえるぞ」

「いまほしい」ピットピットは泣きじゃくって歩道の上を転がる。「いま！」そんなばかげたことにかまってる時間はない。ぼくはピットピットを腕に抱える。ピットピットは身体をよじってわめくが、無視して建物に向かって走りだす。

「その子に何があった？」上から男の叫ぶ声がする。ぼくは返事もしないで階段の踊り場までダッシュする。この瞬間、好奇心が男を引き止めておいてくれるだろう。おかげで飛び降りずにぼくを待つはずだ。

五歳半の子どもは重くて、とりわけ上るのに関心のない男の子を腕に抱えて上るのはキツい。三階まであがったところですでに息切れ状態だ。ピットピットのわめき声を聞いたらしい太った赤毛の住人がほんのちょっと扉を開けて、誰を探してるのかと聞いてくるが、ぼくはかまわず階段を上がり続ける。彼女に何か言おうとしたところで、肺に十分な酸素もない。

「上には誰も住んでないよ」と、ぼくのうしろで赤毛が叫ぶ。「屋上だけだよ」赤毛が「屋上」と言うと高い声が割れ、ピットピットが涙声で「アイスいまちょうだい！　いま！」と叫び返す。じたばたするピットピットで両手がふさがっていて、屋上に出られそうなボロボロの扉を押せなかったから、ぼくは扉を思いっきり蹴破る。屋上は空っぽだった。ついさっきまで柵の上にいた男は、もういない。ぼくたちを待っててくれなかったのだ。子どもが泣いてる理由をはっきりさせるために待ちはしなかったのだ。

「あの人、飛んでっちゃったんだ」ピットピットがぼくの腕の中で泣きじゃくる。「あの人飛んでったのに、パパのせいでなんにも見れなかったんだ。パパのせいだ！」ぼくは柵に近寄っていく。男は思い直して建物の中に戻ったかもしれないじゃないか、と自分に言い聞かせようとする。だけど、それを信じられない。男は下の、あそこら辺にいて、歩道の上で妙な体勢で横たわっているとわかってる。わかってるし、腕の中にはそれを見ちゃいけない、何がなんでも見ちゃいけない子どもがいるわけで、というのも見たら一生のトラウマになるし、この子はすでに一度見ていて、もう二度とそんなことがあっちゃいけない。なのに足は屋上の端へと進んでいく。まるで傷をひっかくようで、もう飲みすぎたとわかっているのにシーバスをもう一杯頼むみたいで、疲れていると、すごく疲れているとわかっているのに車を運転するみたいだ。

柵に近づくにつれて、高さを感じる。ピットピットはおとなしくなり、ふたりの息づかいと救急車のサイレンの音が遠くに聞こえる。サイレンの音は「なんでだ？　なんのために見る？　それで何か変わるとでも思っているのか？　誰かの気分がよくなるとでもいうのか？」と言ってくるようで、突然、ぼくの背後から「離しなさい！」と、赤毛の高い命令声が聞こえる。ぼくは赤毛の方を振り返るが、いったい彼女が何をしたいのか理解できない。「離して！」とピットピットも叫ぶ。他人が横から口出しすると、ピットピットはかんしゃくをおこす。

「まだ子どもじゃないか」と赤毛はしゃべり続けるが、声はすぐに掠《かす》れて優しくなる。いまにも泣き出しそうだ。サイレンの音はどんどん大きくなってきて、赤毛はぼくの方に歩み出す。「苦しいのはわかる」と赤毛はぼくに言う。「何もかもつらいっていうのはわかる。わかるんだよ。信じてちょうだい」その声には何か痛みのようなものがあったから、ピットピットもじたばたするのをやめて赤毛に見入る。「あたしを見てごらん」と赤毛はささやく。「見てごらんよ。太っていて、ひとりっきりだよ。こんなあたしにも昔、子どもがいたんだよ。子どもを失うってことがどういうことか、あんた、わかる？　自分が、いままさにやろうとしていることを、ちゃんとわかってる？」ピットピットはまだぼくの腕の中で、しっかりとぼくに抱きついている。「なんて、かわいいんだろうね」と赤毛が言うと、ぼくたちのすぐ側で肉付きのいい手がピットピットの髪を撫《な》でている。

「ここに男の人がいたんだよ」ピットピットは言って、きれいな茶色い目、リアットの目で赤毛をじっと見つめる。「ここに男の人がいたんだけど、飛んでっちゃったんだ。パパのせいで見れなかったんだよ」ぼくたちの真下でサイレンの音が止む。ぼくが柵の方へもう一歩踏み出すと、赤毛の汗ばんだ手がぼくの手をパッと摑《つか》んで――「やめなさい」と言う。「お願いだから、そんなこと」

ピットピットはプラスチックカップにバニラアイスクリームを入れてもらう。ぼくはコーンのチョコチップ入りピスタチオにする。赤毛はチョコレートミルクシェークを頼む。アイスクリーム屋の店内のテーブルはどれも汚れていたから、ぼくはナプキンでそのうちのひとつを自分たち用にきれいにする。ピットピットがミルクシェークを味見したいと駄々をこねたので、赤毛は味見させてやる。彼女の名もリアットという。よくある名前なのだ。彼女はリアットについて、事故について、何も知らない。でもって、ぼくは彼女について何も知らない。子どもを失《な》くしたということ以外は。ぼくたちが建物から出てきたとき、遺体は救急車へ搬入されるところだった。さいわい、遺体はすでに白い布で覆われていて、想像していたほどではなかった。アイスクリームは甘すぎたけど、ピットピットと赤毛は満足げだ。ピットピットは片手でプラスチックカップを持って、もう片方の手は赤毛のミルクシェークの方に伸びている。この子はいつもこうするんだ、なんでかわからない、もうアイスクリームを持ってるのに、なんでもっと欲しがるんだ？　そう言おうとして口を開くと、赤毛はぼくに大丈夫、と合図して、ほとんど空になったミルクシェークカップをピットピットに渡す。彼女の子どもは死に、ぼくの妻は死に、屋上の男も死んだ。ピットピットが使い捨てカップの底にあった最後の一滴をズーッと飲みほそうと頑張っていると「ほら、なんてかわいいんだろうね」と彼女がささやく。たしかに、かわいい。

一グラムのつぼみ

おれんちの隣にあるカフェに、かわいいウェイトレスがいる。厨房で働いてるオレンが、その娘《こ》はシクマといって、軽めのドラッグが好きで彼氏はいないと教えてくれた。シクマが勤めだす前は一度も入ったことはなかったが、いまは毎朝通っている。エスプレッソを飲む。ちょっとだけシクマと話す。新聞で読んだこと、カフェにいる客のこと、クッキーのことなんかを。ときにはシクマを笑わせることだってできるし、彼女が笑うと気分が上がる。何度か映画に誘おうとも思ったが、映画はダイレクトすぎる。レストランでのディナーとか、紅海の町エイラット旅行へ誘う一歩手前になっちまう。映画に誘うというのは解釈の余地があまりない。「キミがほしい」と言うようなもんだ。で、彼女が興味を示さずにノーと言えば気まずくなる。だから、おれはシクマをハッパへ誘うほうがいいと考えた。最悪でも「あたし、吸わないの」とか言われて、おれはヤク中のギャグかなんかを一発飛ばし、何食わぬ顔でエスプレッソをもう一杯頼めば、ふたりの関係はいまと変わらずってわけだ。

というわけで、アヴリに連絡する。アヴリはおそらく、高校の同級生で唯一のヘビースモーカーだろう。最後に話したのは二年以上前だ。電話番号を押しながら、ハッパの件をもちだす前に軽く話せることをさっと考える。しかし、いざ元気かと聞くと、アヴリは速攻で返してくる。「なんもねえぞ。シリアと揉めててレバノンの国境が封鎖されたし、今度はアルカイダとのいざこざでエジプト国境も封鎖ときた。吸うもんなんかねえ。こっちは四苦八苦してんだ」それ以外はどうだと聞く、おれには興味がないとお互い知りつつ。アヴリは彼女が妊娠中で、どっちも子どもはほしいが、未亡人の彼女の母親は、ユダヤ教の儀式にのっとって結婚式をしろとプレッシャーをかけている。父親が生きていたらそう望むだろうから。さっさと母親の言うとおりにやれよ、とおれは言う。ほかに手があるか？　父親を墓から掘り起こして聞くのか？　アヴリがしゃべる一方、おれはそんなにたいしたことじゃない、とアヴリに言い聞かせる。アヴリがユダヤ教の儀式にのっとって結婚しようとしまいと、おれにはマジでどうでもいい。国を離れようと、性転換しようと、おれはさらっと受け流せる。しかしシクマにあげるつぼみ《バッズ》は、おれにとって重要だ。そこで、おれはぶっちゃける。「なあ、つぼみ《バッズ》はあるか？　ハイになりたいからじゃない、気を引きたいと思ってる特別な娘《こ》がいるんだ」「ねえよ」とアヴリはもう一度言う。「嘘《うそ》じゃねえぞ。おれだってジャンキーみたいに脱法ハーブ《ナイス・ガイ》を吸いだしたんだ」「その娘《こ》に質が悪いのは持ってけねえよ」とおれ。「印象が悪くなる」「わかるよ」とアヴリは電話の向こうで口ごもる。「わかるけど、ねえんだよ」

　二日後の朝にアヴリが電話してきて、手に入りそうだがややこしいと言う。おれは高くても払うつもりだと言う。一回限りで特別なんだ、要るのはせいぜい一グラム。「『高い』とは言ってねえ」アヴリはイラつく。「『ややこしい』って言ったんだ。四十分後にカールバッハ通り四十六番地に来い。そこで説明する」

「ややこしい」は、いま勘弁してほしい。高校時代を思いだしても、アヴリの「ややこしい」はマジでややこしい。おれはつぼみ《バッズ》がほしいだけで、かわいい女の子を喜ばせられるんならハッパだっていい。凶悪犯罪者とかカールバッハ通りに住んでいる奴と会ってる余裕なんかない。アヴリの電話の口調に二回の「ややこしい」が相まってプレッシャーがかかったのは否めない。指定の場所に着くと、アヴリはスクーターのハーフヘルメット姿でもう待っている。「これから会いに行く男ってのは」アヴリは階段で半ば息を切らしながら言う。「弁護士だ。おれの女友だちが毎週その男の家を掃除してるんだが、金のためじゃなくて医療用大麻が目当てなんだ。弁護士は、どっかの癌《がん》を患《わずら》ってて、毎月四十グラム、許可つきで大麻をもらってるのにめったに吸わない。ちょっと荷物を軽くしたいか聞いてくれって彼女に頼んだら、相談には乗るがとりあえずふたりで来い、って言われたらしい。なんでか知らねえ。だからお前に電話した」「アヴリ」と、おれは言う。「おれが頼んだのはつぼみ《バッズ》で、お前が一度も会ったことのない弁護士とクスリの取り引きに行くことじゃないぜ」「取り引きじゃねえ」とアヴリ。「マンションまでふたりで話しに来いって言われただけだ。マズいこと言われたらさっさと、じゃ、って言って切り上げりゃいい。どっちにしろ今日は取り引きじゃない、おれは一シェケルも持ってねえ。ま、最低でも何かわかるって」

おれはまだ気乗りしない。ヤバそうだからじゃない。気まずくなりそうで怖い。気まずいのは我慢できない。知らない家で知らない奴と、どんよりした空気のなかで過ごすなんてぞっとする。「だからさ」とアヴリ。「とりあえず部屋まで上がってって、二分経ったらショートメールが来たふりして出てけばいい。ずらかるんじゃねえぞ、ふたりで来いって言われたんだから、おれがアホに見えないよう一緒に来い。で、着いて一分後には解散だ」まだ気分が乗らないが、アヴリにそんなふうに押されると、気でも触れない限り断りづらい。

弁護士の苗字はコルマンといい、少なくとも扉にはそう書いてあった、意外とまともなやつだ。ホテルのロビーにいるみたいにレモンと氷が入ったコーラを勧めてくれる。マンションもちゃんとしてる。明るくていい匂いがする。「さあ」と弁護士は言う。「あと一時間もすると地方裁判所で口頭弁論がある。十歳の少女を車で轢《ひ》いた男に対する民事訴訟でね。男はほんの一年足らずで刑務所を出た。いまその男を二百万の損害賠償で訴えている両親の弁護士をしているんだ。轢いた男はアラブ人で、だけど金持ちの家の出だ」「そうですか」とアヴリは、あなたの話はよくわかります風に言う。「でも、ぼくたちまったくの別件で来まして、ぼくたちティナの友人なんです。ハッパの件で来たんです」「同じ件だ」とコルマンはイライラしながら言う。「最後まで話を聞けば、意味がわかる。口頭弁論には、轢いた男の親戚がおおぜい応援にやってくる。死んだ少女の側は、両親以外は誰ひとりこない。来たって両親はうなだれたまま、黙って一言もいわずに座っているだろう」アヴリはまだ理解していないがコルマンをイラつかせないよう黙ってうなずく。「きみと、ここにいるきみの友人に、少女の親戚のふりをして口頭弁論に参加して、場を荒らしてもらいたい。騒ぐんだ。被告に向かって、人殺し、と叫んでほしい。泣いて、悪態も少しついてほしい、ただし人種差別は一切なし。ただ『人でなし』とかなんとかね。早い話が君たちに目立ってほしい。男があまりにやすやすと出所したと考える人間がこの国にはいる、と法廷内に感じさせるように。バカげて聞こえるかもしれんが、こういうことが裁判官に非常に影響を与えるんだ。裁判官たちを無味乾燥な法律という名の防虫剤から少し揺さぶって、現実を突きつけてやるんだよ」「だけど医療用大麻は……」とアヴリが言いかけると、「いまその話をしようとしたところだ」と、コルマンはさえぎる。「わたしのために三十分だけ口頭弁論に割いてくれれば、きみたちそれぞれに十グラムずつやる。たっぷりと力強く叫んでくれれば、十五グラムだっていい。どうかな？」「おれは一グラムだけ必要で」と、おれはコルマンに言う。「自分には売ってもらって終わりにして、そのあとはあなたとアヴリで……」「売る？」とコルマンは失笑する。「金のために？　なんだ、わたしは密売人か？　その気になれば、あちこちの友人に贈り物として袋ごと渡すことだってできるんだ」「じゃ、贈り物としてください」とおれはすがる。「一グラムだけ」「だが、つい今しがたわたしが言ったことはどうなる？」コルマンは感じの悪い笑みを浮かべる。「まずきみが本当の友人だと証明してくれたら、きみにあげようじゃないか」

アヴリじゃなければおれは承知しなかっただろうが、アヴリはこれはチャンスで、ヤバくないし違法じゃない、とくどくど言う。ハッパを吸うのは違法だ、だが幼い少女を轢いた人間に叫ぶのは——法にかなっているばかりか、模範的でさえある。「なあ」とアヴリが言う。「テレビ・クルーが来てれば、おれたちもニュースに映るぜ」「でも親戚のふりをするってどういうことだ？」とおれは食い下がる。「そもそも、女の子の親はおれたちが親戚じゃないって知ってるだろ」「コルマンは親戚って言えなんて言ってねえ」アヴリはコルマンをかばう。「叫べって言ってるだけだ。もし誰かに聞かれたら、事件を新聞で知って、気にかけている一般人だっていつでも言えるんだぜ」

おれたちは裁判所のエントランスホールで話す。外は晴れているのに室内は光がなく、下水の臭いがするしかび臭い。おれたちは口論していたが、ふたりともおれがもう取り込まれてるのははっきりわかってた。でなきゃスクーターに乗ってアヴリとここまで来ていない。「大丈夫だって」とアヴリは言う。「おれがお前の分も叫ぶから、お前はなんもしなくていい、なだめようとしてる友だちっぽくしときゃいいから。お前はおれの連れだってわかればいい」アヴリが叫ばなくていい、と言うわけは、法廷の五十人はいる男たち全員が少女を轢いた男の親戚だからだ。轢いた男は小太りで若く見え、結婚式みたいに到着した一人ひとりと話してはキスをする。原告席にはコルマンとヒゲ面《づら》の若い弁護士、その隣に少女の両親が座っている。だれも結婚式に出てるみたいには見えない。打ちのめされているように見える。母親は五十代といったところで、ひよこみたいに小さく、短い白髪で、窶《やつ》れきって見える。父親は目を閉じたまま座り、ときおり開けてもすぐ閉じる。

口頭弁論が開始される。どうやら前回までのこみ入った話の締めくくりらしいが、やたらと短いやりとりで実務的だ。いろんな数字を並べているだけ。おれは、シクマとふたりで裁判所の法廷にいるシーンを思い浮かべる。自分たちの娘が轢かれたあとに。おれたちは失意の底にあるが、互いに手を取り合い、シクマが耳元で小声で言う。「あたし、このクソ野郎に弁償させたいわ」その不快な妄想はやめて、代わりにふたりでおれのアパートでなんか吸い、ナショナルジオグラフィックチャンネルで動物番組を音なしで見てるところを想像する。おれたちはふいにキスをし始め、シクマがぴったり身体を寄せてくると、シクマの胸がおれの胸の上でつぶれるのを感じる……「ゲス野郎」とアヴリが突然立ち上がって叫び出す。「ふざけやがって。女の子を殺したんだぞ。なにこっち見て笑ってんだ？　恥を知れ！」

男の親戚が何人か近寄ってくると、おれは立ち上がってアヴリをなだめるふりをする。実際、おれは真剣にアヴリをなだめようとする。裁判官は小槌《こづち》を叩き、静粛にとアヴリに声をかける。止めないなら、警備担当官が強制的に法廷から退出させると言う。この瞬間じゃ、それは轢いた男の親戚全員とやりあうよりよっぽどマシに聞こえる。連中の何人かはすでにおれの目の前で、アヴリをどついて罵声を浴びせている。

「テロリスト！」とアヴリが叫ぶ。「死刑になっちまえ！」なぜアヴリがそんなことを言うのか、おれにはさっぱりわからない。もっさりしたヒゲの男がアヴリに平手打ちをかまし、おれは男とアヴリを引き離そうとして顔面に頭突きを食らう。警備担当官がアヴリを外に引きずりだす。アヴリは途中でもう一度、「てめえは幼い女の子を殺したんだ。つぼみを摘んだんだ。てめえんとこの子も殺されちまえ」とわめく。そのとき、おれはもう床で四つん這いになっている。鼻か額か、どっちかわからないが、血が垂れている。アヴリが轢いた男の娘も殺されちまえ、と言い放った瞬間、誰かがおれの肋骨に思いっきり蹴りを入れる。

コルマンの家に着くと彼はフリーザーを開け、サンフロスト製の冷凍豆の袋をおれに渡して、強く押しつけろと言う。アヴリはとおれに声もかけず、ハッパのありかを聞くだけ。「なぜテロリストと言ったんだ？」とコルマンが聞く。「事前にはっきり言ったはずだ、男がアラブ人だなんて持ちだすなと」「『テロリスト』は人種差別じゃない」とアヴリは言い訳する。「『人殺し』みたいなもんだ。建国前のレジスタンス運動じゃユダヤ人だってテロリストだった」コルマンはアヴリに何も言わず、風呂場に行って小さなレジ袋を持ってくる。コルマンはおれにひとつ渡すと、もうひとつをアヴリに放り投げ、アヴリはキャッチし損ねそうになる。「二十グラムずつある」と玄関扉を開けながらコルマンはおれに言う。「豆と一緒に持っていけ」

翌朝、カフェでシクマに、その顔どうしたのと聞かれる。おれは、ちょっとしたアクシデントで、結婚した友だちの家に行って、リビングで子どものおもちゃで足を滑らせたと言う。「てっきり、女を取り合って撲《なぐ》られたんだって思ってたわ」シクマは笑ってエスプレッソをさし出す。「それもありうるね」とおれは笑い返そうとする。「おれとたっぷり時間を過ごせば、おれが女性や友だちや猫をかばおうとしてパンチを食らうのを見られるぜ。でも、いつもやられる側でさ、一度も撲ったりしないんだ」「あたしの弟みたい」とシクマは笑い続ける。「引き離そうとしてぶたれちゃうのよね」二十グラムのビニール袋がコートのポケットの中でカサカサいうのが聞こえたが、その音に耳を澄ます代わりに、スペースシャトルが爆発してジョージ・クルーニーと宇宙空間に取り残された宇宙飛行士の映画をもう見に行ったか、とシクマに聞く。シクマは、まだだけど、と言って、それがいまさっきの話とどう関係あるのかと聞く。「関係ないよ」とおれは言い、「でも、ヤバそうなんだよね。３Ｄメガネとかかけてさ。一緒に行かない？」

一瞬の沈黙がある。そのあとに「いいわね」か「ムリなの」が来るとおれは知っている。あいだにまたあのシーンが浮かぶ。シクマが泣いて、おれたちは手をつないで裁判所にいる。それから別の、おれのアパートのリビングの破れたソファでふたりがキスしているシーンに切り替えようとする。切り替えようとするが、うまくいかない。さっきのシーンが、頭から離れない。

トッド

友人のトッドが話を書いてくれと頼んでくる。女をベッドに連れこめるような話を。「君は女を泣かせる話を書いて」とトッドは言う。「笑わせる話も書いたよな。てことで、今度は女がおれとベッドに入りたくなるような話をひとつ頼むよ」

ぼくはそんなふうにうまく物事は運ばないと説明しようとする。たしかに、ぼくの話で泣いた女性はいるし、何人かの男は——。

「男はいい」とトッドは話を遮る。「おれは男と寝ない。最初に言っておくが、読んだ人間みんながおれと寝たくなる話を書いてほしいわけじゃない。女だけだ。いざこざを避けるためにあらかじめ言っておく」

ぼくはもう一度、できる限り抑えた調子で、そんなふうにうまく物事は運ばないと説明する。物語というのは、まじないや催眠セラピーではない。自分が感じていること、大切なこと、ときには恥ずかしいことを他人と分かち合う術《すべ》で——。

「わかった」とトッドはまた話を遮る。「じゃ、読んだ女がおれとベッドに跳びこみたくなるような、その『大切な、恥ずかしい』話を読者と分かち合おう」

トッドってやつは人の話を聞かない。人の話を聞いたことなんて一度もない。少なくともぼくの話は。

ぼくたちはデンバーで彼が主催した読書イベントで知り合った。その夜トッドは面白かった話やイベントについて語り、興奮のあまりどもり出した。トッドはかなりの情熱とエネルギーを内に秘めている。しかし、どこに発散すればいいか大分わかってないようだ。その夜はあまり話せなかったが、トッドが相当頭の切れる高潔の士だってことはすぐに理解できた。頼れる人間だってことも。トッドは燃えている家や沈みかけの船の中で、まさにそばにいてほしいタイプの人間だ。救命ボートにさっさと飛びのって人を置き去りになんかしないと感じさせるような。

でも、たったいま、ぼくらは燃えている家や沈みかけの船の中にいるわけでなく、ウィリアムスバーグのイカれたヴィーガン・カフェでオーガニックのソイ・ラテを飲んでいるだけなのだ。それにちょっとがっかりする。というのも、燃えている家や沈みかけの船がまわりにあれば、なぜトッドを好きなのかを思いだせるだろうから。しかし、トッドが話を書いてくれとしつこくプレッシャーをかけてくると、寛容になるのは難しい。

「タイトルは『トッドという男』にしよう」と彼は言う。「それか、たんに『トッド』。どうだ？『トッド』だけがいいな。そうすると女が読んでも話がどう進むか読めなくて、終盤になると――バン！　彼女は一体何が起きたのかわからない。突然、おれが違って見える。急にこめかみがピクついて唾《つば》をゴクンと飲み込むと、『ねえトッド、ひょっとしてこの辺に住んでない？』とか、『もう、そんなふうに見ないでよ』と言う。だけど実際は『お願いお願い。そんなふうにあたしを見つめて』って調子で、いざおれが見つめると現実になるってわけさ。ごく自然な成り行きみたいに、君の話とはまったく関係なく。そういう感じ、そんなふうに話を書いてほしいんだよ。わかったな？」

ぼくはトッドに言う。「トッド、もう一年も君に会ってないんだ。今までどうしてたのか、何か変わった出来事はなかったか話してくれよ。ぼくの近況や、子どもは元気かとか聞いてくれないか」

「なんもない」と、トッドはイライラしながら言う。「君の子どもについて聞きたいことなんかないし、もう全部知ってるしね。何日か前にラジオで君のインタビューを聞いたけど、あのカスみたいなインタビューではそれしか話してなかったじゃないか。子どもがこんなふうに言うんですやら、こんなことするんですやら。聞き手が君の作品やイスラエルの生活について、イランの脅威について質問してるってのに、君はと言えばロットワイラー犬のあごぐらい息子の話に食らいついていたじゃないか。息子が賢い禅僧かなんかみたいに」

「実際、息子は賢いんだ」とぼくは自己弁護する。「息子には独自の人生観があるんだ。ぼくたち大人とは違った独自の観点が」

「ふうん」と、トッドは不満気につぶやく。「まあ、いい。で、どうなんだ。おれのために話を書くのか書かないのか」

ということで、ぼくはイスラエル領事館が二日間貸してくれた高級と見せかけた中級ホテルで、木目調プラスチック製デスクにむかって、トッドのために話を書こうと努力する。トッドと寝たいと女性に思わせる類のものがこれまでの人生でなかったか一生懸命探そうとする。女を見つけるのにトッドの何が問題で、なんで彼自身で女を見つけられないのかぼくにはわからない。小さな町にあるダイナーのきれいなウェイトレスを孕《はら》ませて去っていくには、十分ハンサムで魅力的な男だ。というか、たぶん**それが**問題だ。誠実さを伝えられないことが。つまり、女性にという意味だ。ロマンチックな場面で。というのも、燃えている家や沈みかけの船では、さっき言ったみたいに、トッドは最後まで頼りがいがあるのだ。たぶん、トッドはそういうときに誠実な男だと女性が思ってくれるような話を書くべきなんだろう。そういうときはトッドを頼れるんだと。それか逆に、誠実さや頼りがいなんて大したことじゃないと読者一人ひとりに伝える話とか。心のままに進め、未来を思いわずらうなっていうような。心のままに進んで妊娠が発覚し、トッドはすでにもう別の街でNASA主催の火星の詩の朗読会を立ち上げている。それから五年後に、トッドは生放送でイベント全体をあなたと詩人のシルヴィア・プラスに捧げ、あなたはリビングで画面を指さして「ほらトッド・ジュニア、宇宙服を着た男の人が見えるでしょう？　あなたのパパよ」と言う。

きっと、その物語を書くべきなんだろう。トッドみたいな男と出会う女性について、トッドは魅力的な男で永遠に自由な愛の味方だと。世界中の女とヤりたがってる男たちは心の奥でそういうことを信じているんだと。男は熱心に進化について説き、女は男に子孫を守ってもらいたくて一夫一婦制を望むが、男はなるべく多くの女を渡り歩きたいから一夫多妻制を望む、と話の中で説明する。それは反論の余地なしのごく自然なことで、大統領選に出馬した保守党女性候補者、あるいはコスモポリタン誌の「夫の掌握術」という記事よりも強力なのだ。

「いまを生きろ」と話の中で男は言い、女と寝たあと彼女を振る。そうしているあいだにも関係を切りたくなるようなクソみたいな態度はとらない。男はトッドみたいにふるまう。つまり、女の人生をめちゃくちゃにしながら感じよく、やさしく、積極的で――疲れるやり方だが、心にグッとくる行動をとる。それがさらに女を男から切れにくくしてしまう。しかし最終的に別れが現実となると、女は「これでよかったんだ」と理解する。で、そこが実にトリッキーな部分なのだ。「これでよかったんだ」の部分が。だって、残りの話の部分はスマホをＷｉＦｉに接続するみたいにつなげられても、「これでよかったんだ」はもっとこみ入っているからだ。話の女性がトッド的な当て逃げから得られるものと言ったら、哀れな心のバンパーの凹み以外に何があるってんだ？

『女がベッドで目を覚ますと、もうトッドはいなかった』と、トッドが物語を読み上げる。『しかし、まだトッドの匂いがした。おもちゃを買ってもらえずデパートで暴れる子どもの涙のような匂い、スピーカー越しに降参を呼びかける、ドスのきいた声を聞く犯人の汗の匂い、チアリーディングのオーディションを受ける女子高生の匂い……』

　突然トッドは読むのをやめ、がっかりしてぼくを見つめる。「このふざけた話はなんだ？」とトッドは聞く。「おれの汗は匂わねえ。ちきしょう。おれは全然汗なんか掻《か》かねえ。二十四時間効果がある超強力なデオドラントだって買ったんだ。この女子高生、犯人、子ども……シラケる話だよ。この話を読んでも女は――おれについてくる可能性なんて絶対にないね」

「最後まで読んでくれよ」と、ぼくは言い張る。「いい話なんだ。書きあげたとき、つい泣いちゃったんだ」

「それはそれは」と、トッド。「ご愁傷さま。おれが最後に泣いたのはいつか知ってるか？　マウンテンバイクから落っこって、頭を割って二十針縫わなきゃいけなかったときだよ。痛かったし、医療保険がなかったから、縫ってる時もどっから金を工面すればいいか考えなきゃならなくて、ほかのやつらみたいにわめいたり落ち込んだりできなかった。それが最後に泣いたときさ。で、君が泣いたのは、実に心を打つ話ってわけだが、これじゃ助けになんないし、おれの女性問題の解決になんてちっともならん……」

「ぼくはただ、いい話だよって言いたいだけで」と、ぼく。「こういう話を書けてうれしいんだ」

「いい話を書いてくれって頼んだ覚えは一度もない」と、トッドはイラだつ。「おれを助けてくれるような話を書いてくれって頼んだんだ。友人が抱えている真の問題解決のカギになるような話を。もし、おれが命を取り止めたくて君に輸血を頼み、輸血の代わりにいい話を君が書いて、おれの葬式でその話を読んで泣きでもしたら……」

「死んでないじゃないか」と、ぼくは話を遮る。「死にかけてもないし」

「死にかけてんだ」とトッドは声を上げる。「そう。おれは死にかけてて、孤独で、孤独ってことはおれにとっちゃ、ちきしょう、死にかけも同然ってことだ。わかるか？　おれにはおしゃべりな息子もいないし、息子の保育園での気の利《き》いた発言を一緒に振り返るような美人な妻もいない。いないんだ。で、この話？　一晩中眠れなかったよ。ひとりでベッドで横になって考えてたんだ。もうすぐあいつがくる。命綱を投げてくれる気のいい友人がすぐにイスラエルからやってきて、ひとりじゃなくなるんだって。その思いを心の拠り所にしてたのに、君はただ自分向けのいい話を座って書いてたってわけだ」

短い沈黙があって、しまいにぼくは、悪かったよ、と言う。しばらく黙り込んでから。トッドはうなずいて、そこまでひどいわけじゃないと言う。ちょっと言い過ぎたよ。これは自分のせいで、そもそも最初っからこんなバカみたいな頼み事をするべきじゃなかったし、がっかりしているだけだと。「正直、君は想像力と知性をフル活用するシビアな書き手だってことを一瞬忘れてたよ。おれはもっとシンプルで楽しい話を想像してたんだ。大作なんかじゃなくってさ。もっと軽い感じの。なんかこう『友人のトッドが話を書いてくれと頼んでくる。女をベッドに連れこめるような話を』みたいに始まって、ポストモダン的にクールに終わるやつでさ。わかるだろう、無意味なんだけど、ただ無意味なわけじゃない。色気のある無意味さで、かつミステリアスな」

「そういう話も書ける」また沈黙があってからぼくは言う。「君のためにそういう話も書けるよ」

鉄クズの塊《かたまり》

大きくて空っぽのリビングの真ん中、くたびれた革のソファーと傷んだブルースのレコードをかける古いステレオセットの間に、潰れた金属の箱が置いてある。白いストライプが入った赤で、太陽の光がちょうどいい角度で射しこむと、輝きで目がくらむ。俺はしょっちゅう上に物を置くのだがそれはテーブルではない。家に俺を訪ねに来て、それについて質問しない人間はいない。そして俺は気分によって質問によって、毎回ちがう答えを言う。

ときどきはこう言う。「これは親父からの貰《もら》いもんなんだよね」。ときどきは「これは思い出の品なんだよね」。ときどきは「これはオープンカータイプの六八年製のマスタングなんだよね」とか、「これは赤く輝く復讐なんだよね」とか。そしてときどきは「これは家全体を支える重りで、これなしだったらはるか昔に全部空に飛んでっちゃっただろうね」とまで。ときにはたんに「これはアート作品なんだよね」と答える。男たちはいつも持ち上げようとする。女たちはほとんどの場合、病気の子どもの熱をはかるように慎重に手の甲で触る。もし手のひらでさわって撫《な》でまわし、「冷たいわね」とか「いいわね」なんて言う女がいれば、それは彼女と寝るチャンスがあるというサインだ。

そのぺしゃんこになった金属の箱について質問されると俺は気分がよくなる。この複雑な世界で頼れるものが少なくともひとつはあると知ってほっとするし、「どこで働いてるの？」とか「どこでその傷を負ったの？」とか「いくつなの？」とか、そのほかのたくさんの質問をはぶいてくれるからだ。

俺はリンカーン大統領の名を冠した高校のカフェテリアで働いていて、この傷は交通事故で負った。そして俺は四十六歳だ。そういう事実はどれも秘密じゃない。にもかかわらず俺はこのぺしゃんこになった箱について質問される方がマシで、なぜならそこから自分がしたい話題に常に持っていけるからだ。リビングの圧縮されたマスタングが製造された年に暗殺されたロバート・ケネディの話から、粗末なプラスチック・アートのことまで話せるし、その中間にあるいろんなことについて話さずに済む。親父が児童養護施設に俺たちを訪ねに来たとき、どんなふうに俺と兄貴をドライブに連れて行ったか。その箱を俺の車に積むためにどんなふうに八人が要り、その重みでピックアップ・トラックの車軸が潰されかけたか。その一連の質問を自分が赤ん坊だったとき、灰色ではるかにイケてない別の車で、親父が飲酒運転をしたせいで死んだ母親について、事故のあと、親父が保険金でマスタングにアップグレードしたという話をするために使うこともできる。すべては俺が話をどっちへ持っていきたいかによった。会話はまるで、スプーンを使って刑務所の床から我慢強くトンネルを掘るみたいだ。そこにはひとつの目的がある、いま置かれている状況から脱出することだ。トンネルを掘っているとき、反対側にはいつもターゲットがある。ファックにつながる共感、アパートの家賃を回収しに来た大家を少しほっとさせるような、ウイスキーボトルと絶妙に混じりあった男らしい親しみやすさ。あらゆるトンネルには方向があるが、スプーンは、少なくとも俺のとこじゃいつも同じスプーン——ミニ・バーのサイズに圧縮され、リビングの真ん中にあるオープンカータイプの赤と白の六八年製のマスタングだ。

ジャネットは俺と一緒にカフェテリアで働いている。オーナーから信頼されているからいつもレジにいる。だけどミネストローネスープの匂いが髪につくくらい調理場の近くにもいる。ジャネットはシングルマザーで双子を一人で育てている。まさに俺の母がそうだったと想像したくなるようないい母親だ。子どもたちといる彼女を見るとときどき、もし四十何年か前にあの交通事故で親父が死んで、母親の方が生き残っていたらどうなっていただろうと考えようとする。俺と兄貴はどうなってただろう。俺たちはいまとは別の場所にいるんだろうか。それとも俺はこんなふうにまだカフェテリアの厨房《ちゅうぼう》にいて、兄貴はニュージャージー州の刑務所で厳重なセキュリティーのついた監房の中にいるんだろうか。たしかなのは、その場合俺はリビングにこの押し潰されたマスタングを置いてなかっただろうってことだ。

ジャネットは俺の家で寝て、赤い箱についてまったく質問をしなかったはじめての女だろう。セックスのあと俺は二人のためにアイスコーヒーを用意して、それを飲みながら潰れたマスタングを会話に持ち込もうとする。手はじめに、氷の入ったコーヒーカップを箱の上に置いたまま質問がくるのを待つ。それがうまくいかないと話しの流れでたどり着こうとする。俺はどの話でいくか少し迷う。潰れた鉄クズが最初臭ったんで、猫の死骸を中で押し潰したんじゃないかとビビりはじめていたというやつか、家に押し入った泥棒が何も見つけられなくて、それを持ち上げようと必死に頑張ったあげく、泥棒の一人が脊椎をこっぱみじんにしたというやつか。結局俺は親父の話でいくことにする。少し面白みに欠けるが、よりハートウォーミングな話だ。どんなふうにオハイオ中親父を探しまわったか、すでに死んだとわかってから、親父の最後の女が、どんなふうにちょうどいま車が廃棄物処分場へ運ばれちゃったのよと言ったか。どんなふうに俺が五分後に処分場へたどり着き、時すでに遅く、そのため親父から残された唯一のものはクールなクラシックカーではなく、リビングにある潰れた鉄クズになったか。

「お父さんのことを好きだったの？」とジャネットは聞く。彼女は指をアイスコーヒーにつけてひと舐《な》めし、なんとなくそのやり方にムカつく。どうやって答えを避けようか急いで考える。親父に対してたいした感情はないいし、そのちょっとの感情だってまったくポジティブなものではなく、俺たちが素っ裸でアイスコーヒーを飲んでいるいま、その話を広げるのは俺にとって楽しくも心地良くもなさそうだ。答える代わりに俺は、次に寝に来る土曜日は、双子と一緒に来たらいいよ、と彼女に言う。「それ本気？」とジャネットは聞く。彼女は母親と同居してるから、双子を母親に預けて一人で来ることに問題はない。「もちろん」と俺は言う。「きっと楽しいぜ」彼女は表に出さないが、よろこんでいるように俺には感じる。そして、親父が景気よくやって俺と兄貴の人生からいなくなる前に、俺たちが食らっていたクソみたいな仕打ちすべてについて話す代わりに、俺はリビングで潰れたマスタングに寄りかかるジャネットの背後に立って一発ヤる。

ジャネットの双子はデイヴィッドとジョナサンという。名付けたのは双子の父親で、聖書にちなんだその名前を面白いと思っていた。ジャネットはその名前があまり好きじゃなかった。若干ゲイっぽい名前だと感じたが、抵抗せずにあきらめた。九か月後、お腹《なか》に双子を抱えてウロウロしながら、双子が自分の子なんだとちょっとは彼に感じさせるために名前をあきらめたのは正しかったと考えた。しかし効果はなかった。すでに五年以上音沙汰がなかった。

双子はいま七歳で、すっかりかわいい年頃だ。来るやいなや庭を見にいくと曲がりくねった木を見つける。双子は木に登ろうとしては落ちる。チャレンジしては落ちる。身体を打ってすりむいても泣いたりしない。俺は泣かない子どもが好きだ。俺もそんなだった。そのあと俺たちは庭で少しフリスビーをして遊んで、ジャネットは暑いから中に入って何か飲みましょうよと言う。俺はみんなにレモネードをふるまって、グラスをマスタングの上に置く。双子は口をつける前にありがとうと言い、よく躾《しつ》けられているのがわかる。デイヴィッドがマスタングのことを聞いてきたから、これは、ピックアップ・トラックがダメになったとき用に車を固めて緊急時用にリビングにキープしてあるんだと言う。「そうなったらどうするの?」とデイヴィッドが聞き、大きな目をまんまると見開く。「そうなったらこの真ん中にある車を十分な時間、準備ができるまでたっぷり水と混ぜてから、それに乗って仕事に行くんだ」「濡れちゃわないの?」と眉間に皺《しわ》を寄せて会話を聞いていたジョナサンが聞く。「ちょっとね」と俺は言う。「それでも歩いて行くより濡れた車で行く方がマシさ」

夜、寝る前に双子に話を聞かせる。ジャネットが子ども用の本を持ってくるのを忘れてしまったので、俺が即興で話をこしらえる。それは普段バラバラだと普通の子どもだが、互いに触れると超能力を持つという双子の話だ。子どもたちは話に夢中になる。子どもは超能力に目がないのだ。双子が眠ったあと俺とジャネットは学校の管理人のロスから売ってもらったブツを吸う。上物だ。俺たち二人はブッ飛ぶ。俺たちは一晩中ファックしては笑い、笑ってはファックする。

俺たちは午後になってやっと目覚める。もっと正確に言うとジャネットが目覚める。俺は彼女の叫び声でやっと目が覚める。下に降りるとリビング全体が洪水になっている。マスタングのとなりに庭から引きずってきたホースを持ったデイヴィッドとジョナサンが立っている。水を止めなさいとジャネットが叫ぶと、デイヴィッドがすぐに庭へダッシュする。ジョナサンは階段の近くにいる俺を見ると「見て、だめになっちゃったよ。ぼくたちめいっぱい水を入れて混ぜようとしたけど、うまくいかなかったんだ」と言う。リビングの赤いカーペットは完全に水の流れにのっていて、古いレコードも流されている。ステレオセットはまるで溺《おぼ》れた動物みたいに水面下でブクブク泡を吹いている。これ全部、と俺は自分に言い聞かせる。これ全部、いらないもんだしな。「お店の人がおじさんをだましたんだよ」とジョナサンは言ってホースを振り続ける。「壊れているホースを売ったんだ」

ジャネットは子どもを叩くべきではなかったし、俺の対応もマズかった。俺は首を突っ込むべきではなかったのだ。彼らは俺の子どもじゃない。そしてもちろん、俺は彼女にあんな態度をとるべきじゃなかった。ジャネットはいい母親で、ストレスのかかる特異な状況にあっただけなのだ。俺にとっても。彼女がどんなふうに悪気なくうっかり子どもを叩いてしまったか理解すれば、おそらく俺が押したことも理解できただろう。彼女を傷つけるつもりはまったくなかったし、彼女が冷静になるまで双子から遠ざけようとしただけなのだ。そしてもし床に水がなければ、彼女は足を滑らせたりはしなかっただろう。

もう留守電にメッセージを五つ残したが、返信はない。ジャネットがすっかり大丈夫だということは、彼女の母親から聞いて知っている。少しだけ血が出て、何針か縫ったのだ。マスタングが錆《さ》びていたから抗破傷風の薬ももらったらしい。ジャネットが双子を連れて出ていったあと俺は心配になった。彼女の家に行くと母親が出てきて、ジャネットはもう二度と俺に会いたくない、そして喫煙者の長い咳をしたあと、「二度と」というのはそれほどはるか先ではなく、彼女が落ち着くまでそっとしておけばきっと乗り越えられるはずとつけ足した。

明日、職場に行くとき、ちょっとしたプレゼントを持っていこう。ヘアクリップか靴下を。彼女は大きな赤い水玉があるやつや、犬みたいに耳が垂れさがっているような変わった靴下に目がないんだ。もし俺と話したがらなければ、包装したプレゼントをレジのとなりに置いて厨房に入ろう。最終的には俺を許してくれるだろうし、また彼女を家に連れてきたときには車について、俺の親父について話そう。親父が俺と兄貴に与えた仕打ちについて洗いざらい。どんなに俺たちが親父を嫌っていたか。兄貴のドンが刑務所に入ったとき、俺に頼んだのは、親父を見つけたら、兄貴のためにも、どんなにあいつがクソ野郎の父親だったか面と向かって伝えてほしいということだったのを。廃棄物処理場の夜について話そう。親父が愛した車がただのガラクタになるまでぶっ潰されていくのを見るのがどんなに愉快だったかを。すべて話せばたぶんわかってくれるだろう。ほぼ何もかも話すんだ。親父の車をクリーブランドの廃棄物処理場に持って行ったとき、やつの死体がトランクの中でまだあったかかったこと以外は。そして彼女が許してくれたあとにもう一度子どもたちを連れてきたら、一緒にホースをリビングに入れて扉を閉め、ボロきれを少しすき間に詰めて庭の錆びたタップを全開にし、大きくて空っぽのこの部屋が海に変わるまで閉めないでおこう。

夜に

夜、みんなが眠ったあと、ベッドで横になったお母さんは目をつむったまま起きている。かつて子どもだったとき、お母さんは研究者になりたかった。癌《がん》か、風邪か、実存的な悲しみの治療法を見つけるのを夢見ていた。ノートもとっていて成績もよかったので、人類の治療に加えて宇宙へ飛んだり、活火山も見てみたかった。お母さんの人生を邪魔したのがなにか、言いあてるのは難しい。愛する男性と結婚して興味のある分野で働き、かわいい男の子を産んだのにもかかわらず、眠るのに苦労している。たぶん、その愛する人が一時間前におしっこしに起きて、戻ってこないせいだ。

夜、みんなが眠ったあと、お父さんは裸足《はだし》でベランダに出て、タバコを吸いながら借金を数えあげる。お父さんは馬車馬のように働いている。お金を節約しようとがんばっている。でもなぜか、欲しいものはどれもちょっとだけ手が出ない高さである。カフェの猪首の男から一度金を借りた。もう少ししたら返し始めないといけないのに、どうやって工面したらいいか見当もつかない。タバコを吸い終わると、吸い殻をベランダからロケットのように投げつけ、歩道にぶつかるのをながめる。子どもがアイスや菓子の包みを地面に放り投げると、道を汚しちゃだめだぞときまって言うが、夜はもう遅いし、疲れ切っている。それに、お金のこと以外、お父さんの頭にはなんにもない。

夜、みんなが眠ったあと、男の子は新聞紙が靴にくっついて剝がせないというぐったりするような夢を見る。お母さんは、夢は脳がメッセージを伝える方法なのよ、と言ってたのに、脳はなにもはっきり伝えてくれない。イライラする夢はタバコと詰まった水道管の匂いをさせながら毎晩現れるが、男の子にはなにひとつ理解できない。ベッドで寝返りをうちながら、心の底でもうすぐお母さんかお父さんが布団をかけにくるとわかっていて、それまでに靴から新聞紙が剝がれますようにと願い、うまくいけば、やっとほかの夢を見られると思う。

夜、みんなが眠ったあと、金魚は水槽から出てお父さんのチェック柄のスリッパを履く。リビングのソファに腰をおろし、テレビのチャンネルを変える。アニメかネイチャー番組を見るのが一番好きだけど、テロか大惨事でもあると、ちょっとだけCNNも見る。だれも起こさないようすべて音なしで。四時頃になると水槽に戻る。濡れたスリッパはリビングの真ん中に放り出したまま。朝になって、お母さんがお父さんに小言を言うのは気にしない。彼は魚で、水槽とテレビ以外、頭にはなんにもない。

窓

茶色い背広の男が、何も覚えてなくても大丈夫、医者の説明だと必要なのは忍耐だけだからともう一人の男に言った。医者がふたりに説明した記憶がなくても——それもまったく問題ない、事故はそうやって乗り越えるものだとつけ足した。もう一人の男は微笑もうとし、ひょっとしたら医者がぼくの名前を口にしたのではないかと聞いた。背広の男は首を横に振り、路肩で彼が発見された時点で身分を明かすものは一切なかったが、とりあえずミッキーという名はどうかと言った。「わかりました」と、もう一人の男は言った。「差し支えありません、とりあえずミッキーと呼んでください」

背広の男は窓のないワンルームの暗い壁を指さした。「街で最も美しいマンションというわけではありませんが」と申し訳なさそうに言った。「リハビリにはうってつけの場所です。何かを思い出すたび」と、男はデスクに置いてあるラップトップを指さし、「忘れないようにここに書いてください」と言い、それから尊大な調子でつけ加えた。「記憶は大海原《おおうなばら》みたいなものです。そのうちに浮かんできて、ゆっくりと形をなしていくでしょう」

「ありがとうございます。本当に感謝いたします」とミッキーは言って、別れの握手をしようと手を差し伸べた。「ところで、お名前を伺っていませんでしたね。それとも、伺ったのに忘れてしまったのでしょうか」ふたりはフッと笑うと、背広の男はすっと手を伸ばして力のこもった握手をした。「わたしの名前など重要ではありませんし、わたしたちはもうどのみち二度と会うことはありません。ですが、何か問題が起きたり必要なものがあれば、ベッドの脇にある受話器を取ってゼロを押すだけで、ホテルのサービスのようにいつでもスタッフが対応しますし、我々のサポートセンターは毎日二十四時間稼働しています」

背広の男は時計をチラッと見て、今日は住居の割り当てをあと三人分みないといけない、と言った。ふいにミッキーは男が去ったあとでひとり取り残されたくないと感じ、「窓がないなんて、ひどく気が滅入りますね」と言う。背広の男は自分の額を指でつついて、「なんと、忘れていたとは信じられない」と言った。

「こっちのセリフのはずですが」とミッキーが言うと、背広の男はまた独特のフッという笑いを発し、ラップトップに近づいてキーをいくつか叩いた。キーを叩くやいなや、壁の二面にそれぞれ大きな明るい窓が現れ、三つ目の壁には半分開きかけのドアが出現し、そこから趣味のいい設備を備えた広々としたキッチンと、ふたり用に調えられた食卓が見えた。「部屋にご不満があるのはあなたがはじめてではありません」と背広の男は言った。「その対応策として、我が社は空間感覚を与える最新のアプリケーションを開発しています。窓越しに」と、男はデスク上に現れた窓を指さした。「庭と樫《かし》の古木が見えるでしょうし、二つ目の窓からは道路が見えますよね。道路はとても静かで、めったに車は通りません。ドアはとなりに部屋があるという感覚を与えてくれます。もちろん、これらは錯覚にすぎませんが、窓とドアは呼応していて、天気も光の角度もつねにマッチしています。そう考えるとおどろきでしょう」

「すごいですね」とミッキーは感嘆した。「とてもリアルですね。お勤めの会社はなんて言いましたっけ？」

「言っていません」茶色い背広の男はそう言ってウィンクした。「それも重要ではありません。いいですね、何か不具合があったり気分が悪いなんてときは、受話器を取ってゼロを押してください」

ミッキーは真夜中に目を覚まし、茶色い背広の男がいつ部屋から出ていったのか正確に思いだそうとするが、うまくいかない。医者によると、ミッキーは頭を打った衝撃で記憶喪失に苦しむだろうが、吐き気や失明を伴わない限り心配には及ばないと背広の男は言う。ミッキーは窓から外をのぞいて、満月が樫の古木を照らすのをながめる。誓ってもいいが、枝の間からフクロウの鳴き声がした。二つ目の窓から見える道路に、遠ざかっていくトラックのかすかな光が見える。ミッキーは目を閉じてもう一度眠ろうとする。背広の男は、夢を通して記憶が繰り返し戻ってくるから、たっぷり眠ったほうがいいとも言っていた。もう一度眠ると夢を見るが、問題の解決にはつながらず、ただミッキーと茶色い背広の男が樫の木に登っている。ふたりは子どものように見え、茶色の背広の男はジーンズのつなぎを着て、何がおかしいのか笑っていて、ミッキーが見たことのない、あるいは記憶にないくだけた様子でずっと笑っている。「ほら」と、背広の男は片手で木の枝からぶら下がり、もう片手で頭を掻《か》きながら「すっかり猿になっちゃった」と言う。

ほぼ一か月か、あるいは少なくとも一か月は過ぎたように感じたが、何ひとつ変化はなかった。ミッキーは過去のことを何も思い出せないばかりか、数分前に起きたことも忘れつづけていた。医者は一人も診察しに来なかったが、ミッキーはつねに見守られていて、何かまずいことがあればシステムがすぐ反応するので定期的に医者がおとずれる必要はないと、背広の男が言ったのは覚えていた。窓越しに見える樫の木の横に白いバンがしょっちゅう停まって、バンには日焼けした白髪の男と、男より少なくとも二十歳は年下に見える青い目の痩《や》せた若い女が乗っていた。ふたりは車の中でヤり、一度などは車の外に出て、木陰に座ってビールを飲んだことさえあった。その間ずっと、キッチンでは何も変化がなかった。キッチンにも光がたっぷりと射しこむ大きな窓があったが、ミッキーの部屋からは角度のために窓の外はまったく見えなかった。

ミッキーはラップトップの前に座ると、しばし壁をぼんやりと見つめ、何かしらの記憶がよみがえるか、考えがおとずれるのを待つ。どこからともなく、まるで鳥が木にとまるような、まるで日焼けの男と痩せた若い女のような、まるで……。はじめは想像かと思った。開きかけのドア枠をさっと通り抜けて消えていく、実体のない影かなんかだと。気がつくと、ミッキーは子どもみたいにベッドのうしろに隠れていた。そこからだと何も見えなかったが、戸棚が閉まる音と、何者かがスイッチを押す音が聞こえた。しばらくすると、開きかけのドアのむこうを、今度は何かがゆっくりと通りすぎた。それは女だった。黒のミニスカートと白いボタンダウンシャツを着て、太陽のイラストと、そのまわりに「Rise & Shine!」というカラフルな文字が入ったコーヒーカップを持っていた。ミッキーはベッドのうしろに隠れつづけていた。茶色の背広の男の言葉を思い出して、すっと立ちあがって手を振ってみてから、キッチンにいる女にはミッキーが見えないらしいと理解した。女は、実は存在していないのだと。女は壁の映像にすぎず、ミッキーが窓のない小部屋に閉じ込められていると感じないための機能なのだと。

キッチンの女は白い大理石の床の上をせわしなく歩きながら、今度は携帯でメールかなにかを打った。女は美しい脚をしていた。ミッキーはもっときれいな脚をした女を思い出そうとしたが、キッチンの女と白いバンの痩せた女以外誰ひとり思い出せなかった。女はメールを打ちおわり、コーヒーを飲みほすと視界から消えた。しばらく待つと、入り口のドアがバタンと閉まるような音が聞こえた気がしたが、定かではない。ミッキーは急いでデスクへ行って受話器をとり、ベッドのうしろに戻ってかがんだ。ゼロを押す。疲れた男の声が応答した。「サポートセンターです。どういたしました?」

「キッチンに……」ミッキーは声をひそめる。「つまり壁の映像に……」

「アプリケーションですか?」

「はい」とミッキーは小声で話しつづける。「アプリケーションに男がいるんです。男が住んでるんです」受話器の向こうで疲れた男がキーを叩いているのが聞こえた。「男ですか?」と疲れた男は返した。「確かですか? そこにいるのは女性のはずですが、ナターシャといって背の高い、黒髪で巻き毛の……」

「ええ、ええ」とミッキーは言った。「女性です。ただ……最初は誰もいなかったので、ちょっとおどろいて……」

「申し訳ありません」と疲れた男はあやまる。「あらかじめお知らせするはずだったのですが。

我々はつねにアプリケーションをアップデートや改良していまして、ここ最近は映像の部屋がいつも空っぽで孤独に感じるというクレームがユーザーから少なからずよせられています。ですので、現在我々は人間の存在感を付加する努力をしているところです。サポートセンターからそういった変更をお知らせするはずなのですが、なぜお知らせが行かなかったのか見当もつきません。いただいたご意見は個人ファイルに追加しておきます。担当の者はすぐにきつく叱られますので」

「いいえ、大丈夫です」とミッキーは言う。「本当に。誰も叱られる必要ありません。何も問題ないんです。まったく、知らせてもらったのに忘れた可能性もありますし、実際にぼくは記憶のトラブルでここにいますので」

「おっしゃるとおりで」と疲れた男は言った。「どちらにしろ、サポートセンターを代表して謝罪いたします。何はともあれそれはアップグレード版で、ユーザーを怖がらせるものではありません。現時点では無料のサービスですが、我が社は人間の存在感について将来的に追加料金を請求する権利を有している、とお伝えしておかなくてはなりません」

「料金?」とミッキーは聞いた。

「まだ誰も実行するとは言っていません」と、疲れた男は言い訳めいて言う。「ですが、我々は権利を持っています。その、こちらは追加コストがかかりますし、それから……」

「もちろんです」とミッキーはさえぎる。「おっしゃることはよくわかります、空っぽの部屋の映像はただ同然でしょうが、動く人間というのは……」

「鋭いですね」と疲れた男は我に返ったように言う。「システムが個人別に適応するタイプのアプリケーションなので、とくに複雑なのです。どちらにせよ、ご迷惑とあれば遠慮なく、いつでもご連絡ください。どこからともなく彼女が現れたように――消えることも可能ですので」

ナターシャが来た瞬間から時が経つのがより早くなった。というより、実際は時間帯によってはもっとゆっくりになった。朝、ミッキーはナターシャより少し前に目を覚まし、ナターシャがコーヒーを飲んでトーストかシリアルを食べ、携帯でメールを打ったり、誰かと、どうやら妹らしい人と話すのを見るまで待った。ナターシャが仕事に行ってしまうと、時間の流れがゆるやかになる。ミッキーは記憶を取り戻そうと、ときどき少し絵を描くか、より正確には、引き出しで見つけた罫線ノートに鉛筆で落書きをした。時にはハプニングもあった。一度は道路で事故も起きた。自転車に乗っていた人が滑って転倒したので、救急車が呼ばれた。日焼けした男と痩せた女も折に触れてはやってきて、木陰に停めた車でヤッては去っていった。しかしたいていの時間、ミッキーは腰を下ろしてナターシャが仕事から帰るのを待った。夜になるとナターシャは家でいつもシンプルで簡単な食事をした――料理はかなり苦手なようだった。シャワーを浴びたあとは肌着と下着だけで、しょっちゅう裸足《はだし》のまま夕飯を食べた。ミッキーはナターシャを見ながら記憶をよみがえらせようとした。ナターシャではないが、こんな感じの女性を過去に知っていたような気がする。髪がもっとストレートで脚はナターシャほどきれいじゃない別の女性、自分が愛したか自分を愛してくれて、唇にキスをしてから膝をつくと、これ以上ないくらい自然体でペニスを口にくわえた女性を……。

電話で起こされた。寝ぼけながらミッキーは応答した。サポートセンターからの電話で、今回は気だるい女の声が「すべて順調ですか?」と聞いてきた。

「はい」とミッキーは答える。「すべて順調です。ただ起こされてしまいましたが」

「すみません」と声は言う。「追跡記録であなたの情報が検出され、鼓動が速くなりだしたので……」

「夢を見ていました」とミッキーは言った。

「悪い夢ですか?」と声は一瞬、興味を取り戻したように聞く。「悪夢ですか?」

「いえ」とミッキーは口ごもる。「その逆です」

「夢についてお聞きしてもいいですか?」と声は聞いた。

「申し訳ないですが」とミッキーは言う。「とてもプライベートなことなんです」そう言って、電話を切った。

翌朝、ベッドの上でミッキーは間違ったことをしたのではないかと考えた。あんな電話の切り方はまずかった。サポートセンターがまた心配してナターシャをキャンセルするかもしれないし、アプリケーションから完全に遮断されてしまうかもしれない。今すぐゼロを押して謝るべきではないか。何事もなく、電話を切ったのを申し訳なく思っており、ただ夜中に電話がかかってきて起こされたので……。

ナターシャのキッチンへ続く半分閉じたドアがキイ、という音を立てて開いた。ドアにはバスローブを着て、シャワー上がりで髪の濡れたナターシャが立っていた。ナターシャはマグカップを手にミッキーの部屋に入ってきた。「あなたの声が聞こえた気がしたの」とナターシャは言って、ミッキーの首に濡れたキスをする。「はい。コーヒーを入れたのよ」ミッキーはうなずいたが、言葉が出てこなかった。ミッキーはコーヒーを飲んだ。まさに彼好みのミルクなし、砂糖一杯半。ナターシャは毛布の下に手を入れ、ミッキーの勃《た》っている先端に触れた。ミッキーの手が震えて、煮立ったコーヒーが手と毛布にこぼれた。ナターシャはキッチンへ走っていき、氷を入れた袋を手に戻ってきた。「ごめんなさい」とナターシャは言って、袋をミッキーの手の甲に置いた。

「こんなのなんともないよ」とミッキーは微笑む。「だいいち気持ちよかったし」

「火傷が？」とナターシャはにっこりする。「だとしたら帰宅するまで、ベッドに縛っておいてもいいのよ、わたしはレザーの服なんか着たりして……ただの冗談よ」ナターシャはもう一度濡れたキスを、今度はミッキーの口にして、火傷した手をチェックした。それから携帯をチラッと見て、もう行かなくちゃ、と言った。「六時に仕事がおわるわ」とナターシャは言った。「ここにいるわよね？」と言うと、ミッキーはうなずいた。表の扉がバタン、と閉まるやいなや、ミッキーはベッドから飛び出してキッチンのドアを通り抜けようとした。しかし、壁には何もなくドアが映っているだけで、これまでの数週間とはうってかわってドアは開ききっていた。ズキズキする手の火傷と、置きっぱなしの黄色い太陽のイラストが入ったマグカップが、数分前のことが実際に起きたことだという動かぬ証拠だった。

ミッキーはゼロを押した。応答の声には聞き覚えがあった。相手は疲れた男だったが、その日の朝は少しリフレッシュしているように聞こえた。「ミッキー」と、疲れた男は古い友人のように言う。「何事もないですか？　昨夜の追跡記録に、動悸が激しいとありますが」

「大丈夫です」とミッキーは言う。「ただナターシャが、その、アプリケーションのキッチンから来た……ナターシャが今朝……こんなのちょっとありえないように聞こえるってわかっていますが、身体ごと部屋に入ってきて、しゃべりかけてきて……」

「信じられない」と疲れた男は心底怒って言う。「まさか、今回もお知らせが行ってないなんて言わないでしょうね。アップデート施行について昨日の夜連絡が行かなかったんですか？」

「連絡はありましたが」とミッキーは言う。「寝てたんです。彼女が知らせようとしたのかもしれませんが、ただ疲れていて」

「わかりました」と疲れた男は言う。「不満を口にするのは避けたいのですね。それは尊重いたします。こういった類いのフィードバックはシステム正確性の向上に非常に役立つ、というのはご承知おきください。どちらにせよ、アプリケーションの『隣人』がユーザーとリアルな言葉上のやりとり、ときには身体的なやりとりが可能になる最新アップグレードについて、昨日お知らせが行くはずだったのです」

「身体的？」とミッキーは聞いた。

「ええ」と疲れた男はつづける。「それも今のところは完全に無料です。こちらはユーザーからのご要望でして。多くの方が『隣人』がいると、人間同士のコミュニケーション欲求を強力に引き起こすとおっしゃっていました。しかし、こちらは基本的に現サービスの拡大で、ご不快のようでしたらキャンセル可能ですし、『隣人』がそちらのお部屋に入ってこない生活もできます、すべては……」

「いえ、いえ。大丈夫です。本当に」とミッキーは言う。「少なくとも今のところは」

「そうですか」と疲れた男は言う。「ご満足いただけて嬉しいです。こちらは数日前に開始したばかりで、今のところユーザの反応は上々の一言につきます。実際、ご要望とあればセックスをブロックする選択肢もあります。それに、自分には合わないとお感じになったり、展開が急すぎるとお感じなら……」

「ありがとうございます」と、なるべく丁寧な口調でミッキーは言った。「今のところ問題はありませんが、いざという時に選択肢があるとわかってよかったです」

夜になるとミッキーはよくナターシャの夢を見たが、ベッドで目覚めるとナターシャがとなりで寝ていた。子どもみたいに口を開けて眠っている。何の夢を見ているかはわからない。そもそも夢を見ているのかさえ。ナターシャが部屋や生活に入りこんでくると心がかき乱されたが、それは言葉のもっともいい意味においてであった。いまだに何ひとつ思い出せなかったが、そんなに気にならなくなっていた。ベッドでこんなふうにとなりで丸まっているナターシャのように、今という時があたたかくてやわらかいなら、誰が過去を必要とするだろう？　朝ナターシャが仕事に出かけると、ミッキーは樫の古木を、部屋のどこからも見えない海を、とくにナターシャを鉛筆でスケッチしようとした。時と共に上達し、とくによく描けたと思うものをナターシャに見せると、ナターシャはいつも褒《ほ》め言葉を見つけると同時に、そっけない態度を見せた。それは、いい時期だった。ナターシャは一体何なのか、自分は何者なのか、部屋にひとりでいるとき、いつもナターシャが映像空間を動きまわれるのはなぜかといった疑問は一切浮かんでこなかった。あるのは、たっぷりとしたぬくもりだけ。ハグと。冗談と。この世界でひとりぼっちではないんだという、身体の内側から溢《あふ》れだす感覚。

それから口論が始まった。ナターシャはミッキーには向上心がない、働いてるのはわたしだけだし、ふたりで外出すらしないじゃないと言った。ミッキーはたいてい黙っていた。ある段階になるとナターシャはしょっちゅう遅い時間に仕事から帰ってくるようになって、だんだんと習慣になり、ミッキーはサポートセンターに向けてゼロを押し、鼻をすすっている担当者と話した。担当者は最新のアップグレードについてはまちまちな反応が来ていると言った。ユーザーが「隣人」とうまくいくケースもあれば、うまくいかないこともある。ミッキーは「隣人」の方がユーザーと折り合わない場合があるか聞きたかった。少なくともそれがナターシャについて感じていることだった。しかし、代わりに自分のリハビリ段階で外出できるかを聞き、鼻をすすっている担当者がなぜそれを聞きたいのか、何か部屋に問題があるのかを知りたがると、ミッキーはいや、でももしふたりで外出できたら隣人との関係がすごく良くなると思う、と言った。鼻をすすっている担当者はミッキーの要望を伝えると言ったが、実際には伝えてくれそうもなかった。その夜、ナターシャは家に帰ってこなかった。次の日の夜にやっと帰ってきて、仕事着のままベッドに入るとふたりは抱き合った。ナターシャのシャツは汗とタバコの匂いがした。「わたしたち、うまくいかないわね」とナターシャは言った。「しばらく距離を置いたほうがいいと思うの」何事もないようにヤッたあと、ナターシャはミッキーにキスをして全身を舐《な》めまわし、それは気持ちよかったが、別れのあいさつのようでもあった。

目が覚めると、ナターシャはもういなかった。樫の古木が見える窓が映った壁はただの壁に戻っており、二つ目の窓も消え、ナターシャのキッチンへ続くドアも消えていた。四方の壁があるだけで、ドアも何もなかった。

茶色い背広の男はマグカップのコーヒーを持ってきたナターシャに感謝した。「答えにくい質問をすることをお許しください」と背広の男は言う。「ここでお話しいただくのは一般的なユーザーの体験ではなく、はるかに感情がともなう体験についてだとわかっていますが、あなたのフィードバックのおかげで他の何百万というユーザーのサービスを向上できるのです」

「わかりました」とナターシャは苦笑いし、「なんでも聞いてください」と言った。

背広の男はナターシャにねほりはほり聞いた。「隣人」が一室限定でひとりきり、ということがどの程度気になったか。「ミッキー」という名の男についてどう思うか。振り返ってみて、彼の名前を自分で選択する方がいいか。ミッキーが自分は実在しないと知らないことがどの程度ナターシャの意識に影響を及ぼしたか。「隣人」の記憶喪失と、自立したふたりの関係はサービス停止の要因になったか。ナターシャとミッキーの間に「愛情」と呼べるものが生まれたかと背広の男が聞くと、ナターシャは突然涙をあふれさせた。「あの人、本当にリアルな人間みたいでした」とナターシャは言った。「身体がそう感じるだけじゃないんです。心がリアルなんです。関係を絶った今、あなたたちがあの人をどうするかわかりません。殺されたりしないよう願っています。こういうことにわたしが責任を負うとわかれば、正気を保って生きられません」

背広の男はナターシャを落ち着かせようと、汗ばんだ手をナターシャの腕に置き、シンクの蛇口から水を一杯汲んできた。ナターシャは水を一気に飲みほし、深呼吸しようとした。「大丈夫ですよ」と背広の男はナターシャに微笑んだ。「もともと生きていないものは殺せませんし、できてもスイッチを切るくらいで、この『隣人』の場合、我々はそれすらしないと約束します。しかし、しばらくは様子をみましょう」背広の男はそう言うと、チラッと時計を見た。「それからアプリケーションを必要最低限の機能に戻します。外が見える窓と、もうひとつの部屋に続くドアの映像に。そういったものにご不満な点などありましたか?」

暗い場所にいると時間と共に暗闇になれてくるものだが、ミッキーの場合はほぼ逆だった。時間が経つにつれて、部屋はもっと暗くなっていくようだった。ミッキーは自分が行く方向を手で探り、家具に少しぶつかりながら、はじめの地点に戻るまで、のっぺりとした、ドアのない四方の壁を一センチずつさわった。電話機が見つかるまで、デスクの木の表面を右手で探った。ミッキーは受話器を耳にあて、ゼロを押した。受話器の向こうからはツー、ツーと繰り返す音以外、何も聞こえなかった。

宛先：セフィ・モレ
差出人：ミハエル・ワルシャヴスキ
件名：脱出ゲーム「銀河の果ての落とし穴」

貴社の脱出ゲームについてたくさんの良い評判を耳にします。来週木曜日の午前中または昼ごろに障がいを持った母と訪れたいと思っています。インターネットサイトで示されていますが、車椅子でもアクセス可能か確認したいと思っています。

よろしくお願いします。
ミハエル・ワルシャヴスキ

＊

宛先：ミハエル・ワルシャヴスキ
差出人：セフィ・モレ

件名：Re：脱出ゲーム「銀河の果ての落とし穴」

ミハエル・ワルシャヴスキ様

ご連絡ありがとうございます。以前お越しいただいたお客様から良い評判を耳にしたとうかがい、一同うれしく感じております。私ども一同、脱出ゲームに非常に愛着を持っておりまして、貴方様のようなさらなるお仲間との出会いを待ちきれない思いです。脱出ゲームはお身体が不自由な方にもアクセス可能でして、天文学と物理学の要素も含んでいるため、かの有名な天文物理学者スティーヴン・ホーキング博士もイスラエルの短い滞在中に訪れたほどです（氏の訪問時の写真を添付いたします）。残念ながら来週の木曜日はホロコースト記念日のため脱出ゲームは営業していませんが、あらためて別の日にミハエル様とお母様を心よりお待ちしております。

どうぞよろしくお願い申し上げます。
脱出ゲーム「銀河の果ての落とし穴」マネージャー
セフィ・モレ

レジはあした

息子の誕生日を、俺と息子は次の日に祝う。いつも次の日か前の日で、一度も当日に祝った試しがない。クソみてえにおんなじことのくり返し。なんでかって？　それは息子の母親が嘘《うそ》つきで、職場で笑いかけてくるアホども全員とヤる馬鹿女だとしても、誕生日は母親と過ごすなんていうルールに裁判官様がしたせいだ。父親は重要性に劣るらしい。

俺はリドルとデパートに行く。プレゼントを買うためじゃない、プレゼントは外国で買ったリモコンつきのドローンがある。免税店で八十九ドルした。八十九ドルもして――電池すら箱に入ってない。だから、電池を買いにデパートへ行くんだが、リドルには、遊びに行こうねと言う。楽しいぞって。ほかになんて言やいいんだ？　パパは電池が入っているかどうか確かめもしないで、プレゼントを買ったとでも？　誕生日席に座るリドルを高いたかいする場にいなかっただけじゃなく、使い物になんねえプレゼントなんか持ってきたと？　そいつはマズい。

あのクソ女。昨日の朝、十分でいいから誕生日会に行かせてくれと俺は頼んだ。息子にキスして、ろうそくを吹き消す姿を携帯に収めたらさっさと帰るからと。なのに、あいつときたら即攻で脅迫と接近禁止命令の件を持ち出し、俺と電話中に法律インターンの彼氏にカチカチと音をたててメールしだして、階段の踊り場に俺が足を踏み入れたらすぐ警察を呼ぶと言いやがった。

リドルはデパートへ行く前にドローンを飛ばしたいと言う。だけどリモコンに電池がなくて、ないとは言えないから、デパートの三階にでっかいコンビニがあるよ、スポンジボブのヘリウム風船を持った人がいて、「おいで、おいで！　子どもにお菓子があるよ！」と呼んでるチビ女が外にいるから、そこで好きなものをもうひとつプレゼントに買ってあげるよと言う。

リドルはデパートも行きたいけど、最初はドローンを飛ばしたいと言う。俺は、デパートは早く閉まっちゃうんだと嘘をつく。さいわい、息子はまだそれを信じる年頃なのだ。

午後三時、デパートは混雑でパンク寸前だ。誕生日を息子と過ごすために職場から半休を取らなきゃならなかったが、デパートの人の押し合いへし合いを見るかぎり、この国で働いている人間はどうやら俺だけらしい。そしてリドルは、なんてかわいい子だ、ずっとニコニコしている。入場に一時間並んだってすねたりしない。

エスカレーターまで来ると、リドルは下りエスカレーターを上りたがり、トレーニングだと思って俺は息子に合わせる。二人にとっていい運動じゃないか。うしろに引きずられず、下に落っこちないように駆け足で絶えず気張ってなきゃならない。まさに人生のようだ。上から下りてきた背中の曲がったババアが喧嘩《けんか》をふっかけてくる。何でみんなのようにちゃんと上らないんだ、と言ってくる。まるで、もうじき自分は墓に入り、背中の痛みを必死にこらえながら死を待っているというのに、ちっこいガキが楽しんでいるのが気にくわねえとでも言うように。俺は返事すらしない。

三階のコンビニにチビ女はいない。背の高い顔がニキビだらけのガキが一人いるだけだ。俺はリドルに言う。「どれでも好きなものを選んでいいぞ。どれでもいいから、ね？　でも一個だけだぞ。どんなに高くても、パパが買ってあげるから。約束だ。リドルは何がほしいかな？」

息子は舞い上がる。薬局に入ったヤク中みたいに店内をうろつく。棚から商品を持ち上げる。くんくん嗅ぐ。その間を利用して俺は単四形の電池を買う。俺が札をヒラヒラさせてるのに、ニキビ面はレジを打たない。「何待ってんだ？」と俺は聞く。

「子どもが選んでるから」とニキビ面は俺に言って、口からガムを引き伸ばす。「まとめて会計しますよ」そして俺が何か言う前に携帯をいじりだす。

「会計を別々にしてくれ、な」と俺は言い張って、電池をドローンの背部分に押し込む。「あの子が戻ってくる前に会計してくれ。サプライズなんだ」ニキビ面がレジを打つと、チン、と音がして引き出しが開く。釣りの五十シェケル札がないので、硬貨をどっさりよこす。

ちょうどそこへリドルが来る。「何買ったの、パパ？」

「なんにも」と俺。「ガムだよ」

「どこ？」とリドル。「飲み込んじゃったんだ」と俺は嘘をつく。

「飲み込んじゃいけないんだよ」とリドル。「おなかの中にくっついちゃうんだよ」

するとニキビ面がアホみたいに笑い出す。

「プレゼントがほしいんだよね?」俺は話題を変える。「さ、何か選ぼう」

「そのレジがほしい」とリドルは言って、キャッシュレジスターを指さす。「レジがほしい、そしたらヤニールとリリーとお菓子屋さんごっこで遊べる」

「レジは売ってないんだよ」と俺は言う。「何かほかのものを選ぼうね」

「レジがほしい」リドルは駄々をこねる。「パパ! 約束したでしょ」

「パパは店で売ってるものって意味で……」

「パパの嘘つき」リドルはわめいて、思いっきり俺の足を蹴る。「ママだって、パパは口ばっかりでなんもしてくれないって言ってるもん」蹴りは痛くて、痛みを感じると俺はイラつくが、今日は耐えられる。なぜって今日は特別な日だから。今日は世界一好きな息子の誕生日なのだ。つまり、今日は息子の誕生日の次の日ってわけだ。あのクソ女め。

「レジにいくら要る?」俺は平静を装ってニキビ面に聞く。

「売り物じゃありません」ニキビ面は歪んだ笑みを浮かべる。「わかるでしょ、子どもの言うことなんだから……」とニキビ面は「子ども」という言葉をリドルが白痴かなんかのように言い、その瞬間俺はニキビ面にはめられたと受けとって、リドルのためにニキビ面と戦う決心をする。

「千シェケル」と俺は言い、ニキビ面に手を差し出す。「商談成立だな——すぐATMに行って金を持ってくるから」

「ぼくのレジじゃありません」とニキビ面はたじろぐ。「ぼく、ここで働いているだけなんで」

「じゃあ誰のだ?」と俺は聞く。「チビ女のか?」

「はい」とニキビ面はうなずく。「ティルツァさんです」

「じゃ、電話をかけろ」と、俺。「チビ女が出たら俺に代われ。千シェケルだしたら新品を入れられるぜ、もっと上等なレジをな」

　リドルは俺のことをまるで王様みたいに見ていて、子どもからそんな眼差しで見つめられるくらい楽しいことはない。タイでの休暇よりよっぽどいい。フェラよりも。張り倒されて当然のやつを張り倒すよりもいい。「ほら、チビ女に電話しろ」と俺は言って、ちょっぴりニキビ面を押す。イラついていたからじゃない。息子のためだ。

　ニキビ面は電話番号を押しながら隅っこに行く。小声で話している。俺はニキビ面が行くところすべてにくっついて行き、リドルは俺のうしろにくっついて来る。リドルはうれしそうだ。さっき迎えに行った時点でもうれしそうだったが、いまは天にも昇る心地でいるようだ。

「無理だって言ってます」ニキビ面は神からのお告げみたいに言うと、肩をすくめる。

「代われ」と、俺はニキビ面に手で合図をする。

「その必要はないそうです」とニキビ面は言い張る。俺は力ずくで電話を奪う。これがリドルにウケる。パパはリドルを笑顔にしたのだ。

「ティルツァさん」と俺は言う。「どうも、ガビといいます。ぼくはお宅の上客でして、顔を見ればすぐわかるでしょう、名前はわからなくても。その、お宅の助けを借りたいんです。千シェケルで――新品のレジも買えますし、恩に着ますんで」「そうなったら、うちの従業員はどのレジで千シェケルを処理するんです？」と、ティルツァが電話の向こう側でイラつきながら言う。電話の向こうが騒がしくて、何をしゃべってるのか全然聞きとれない。

「レジで処理なんかしません」と俺は言う。「税務署なんて気にしないでください。千シェケルがそのまま懐に入るんですよ。ねえ、どうです？」

「代わってください」とティルツァは我慢ならない様子で言う。

「誰に？」と俺は聞く。「ガキとか？」

「そうです」ティルツァはイラだつ。「従業員に代わってください」

俺がニキビ面に電話を渡すと、ニキビ面はティルツァと少し話してから電話を切る。「ダメだって言ってます」とニキビ面が言う。「すみません」

リドルは俺の手をぎゅっとにぎる。「レジ」と、リドルはサイコーにかわいい声で言う。「約束したでしょ」

「二千シェケル」と俺はニキビ面に言う。「電話で二千払うと伝えてくれ、いま千シェケル払って、明日残りの千持ってくるから」

「でも……」とニキビ面が言いかける。

「ATMは一度に千シェケル以上は引き出せねえんだ」と俺は割って入る。「残りの千シェケルは明日の朝持ってくるから。身分証明書を保険として預けていく」

「だけどティルツァさんは、もう電話してくるなと言ってて」とニキビ面。「ティルツァさん、七日《シ》間の服《ヴ》喪《ア》だから邪魔してほしくないって」

「そうか」俺はなだめようと、ガキの肩に腕を回す。「でもな、ちょっと考えてみろ。二千シェケルは大金だぞ、アホな真似すんなよ。もし俺の提案を断ったとティルツァさんがあとで知れば、激怒されるぜ。年上の言うことを聞きなさい。こんなくだらんことでトラブルに巻き込まれないほうが身のためだぜ」

俺が引き出しを下から押すとレジが開く。兵役のあと、バーガーショップで働いていたときに学んだテクだ。「金を取り出せ」と俺は言ったが、ニキビ面が微動だにしないので代わりに札をかき集め、やつのジーンズの前ポケットに押し込む。

「こんなことしちゃ……」とニキビ面は言う。

「いいの、いいの」と、俺はウィンクする。「うまい話なんだから、俺を信じるんだ。ここで待ってろ。千シェケル持って五分で戻る。そしたらお前のポケットの中の札も退屈しないぜ」ニキビ面が答える前にすかさず俺はリドルの手を取って、ATMまで下りていく。ときおりATMには手こずるが、今日は難なく青色の二百シェケル札で千シェケル分を出してくる。


店に戻ると、ニキビ面の横に口髭《くちひげ》のデブが立っている。何やら二人で話してる。俺はそいつが隣のフローズンヨーグルト屋の店主だと知っている。リドルを連れて中に入ると、ニキビ面が俺を指さす。俺はニキビ面にウィンクし、千シェケルをテーブルの上に置く。「ほら」と俺は言う。ニキビ面は動かない。「受け取れ。そんなにヘコむなって」俺はテーブルから千シェケルをとってニキビ面のポケットに突っ込もうとする。

「彼から離れろ」とデブが割り込んでくる。「まだ子どもなんだぞ」

「それは無理だ」と俺は言い張る。「息子との約束なんだ、今日は息子の誕生日でね」

「それはおめでとう」とデブはリドルに一瞥もくれずに、リドルの頭を撫《な》でて言う。「甘いアイスクリームがほしいかな、ぼく？　おじさんからのプレゼントだ。大きいカップでな、ホイップクリームとチョコレートシロップで、上からグミをかけようか？」話しながらずっと、デブのちっこい目は俺だけに注がれている。

「レジがほしい」とリドルはデブから後ずさりして、俺にぴったりくっつく。「パパと約束したんだ」

「レジをどうするんだい?」デブは答えを待たずに聞く。「レジは、おじさんたちにとっては税金を計算するために使わなくちゃいけないだけで、誰にとっても良いものじゃないし、おいしくないし、面白くないし、うるさいだけだ。代わりにパパに二階の電気屋さんでプレイステーションを買ってもらったらどうかな? 千シェケルでVRゴーグルつきの一番いいやつなんかが手に入るぞ」

実際、その案は俺にとって都合がよかったので割り込まない。いまこの場でも助かるし、リドルを家に連れて帰るときも、シルヴィとのトラブルから救ってくれるだろう。シルヴィはレジを見たら——途端にいちゃもんをつけるだろうから。

「さあ、どうかな?」とデブはねばる。「プレイステーションにかなうもんはないぞ。君の好きなレースやドッカーンの爆発だ」

「レジ」とリドルは言って、俺の足をぎゅっと抱きしめる。

「この天使を見てくれ」俺は札をデブに差し出す。「誕生日に息子をよろこばせるのを手伝ってくれ」

「俺の店じゃない」と、デブ。「俺はここで働いてるわけじゃない、ただ助けようとして……」

「助けてねえじゃねえか」俺はデブをさえぎり、お互いの顔が触れそうな距離まで詰め寄る。「邪魔してるだけだ」

デブは肩をすくめてニキビ面に「店に戻らなきゃならん、もしこいつが手をあげたら警察を呼ぶんだぞ」と言って行ってしまった。さすがヒーロー。

俺がテーブルに千シェケル置き、レジの電源プラグを引っこ抜いてコードを巻き出すと、リドルがそれを見てパチパチと手を叩きだす。「警察呼びますよ」とニキビ面は言って電話をかけようとする。

「なんのために？」と俺は言ってニキビ面から電話を取り上げる。「今日は誕生日で、みんなハッピーなんだ。台無しにすんじゃねえ」ニキビ面は俺の手に電話があるのを見てから、俺の顔に視線を移し、そのあと店から走り去る。何がなんでも、今日だけはしくじれない。

俺はニキビ面の電話をカウンターに置き、レジを両手で持つ。「さあ、急ごう」と俺はゲームっぽく、楽しそうにリドルに言う。「おうちに帰って、ママにどんなプレゼントをもらったか見せよう」

「やだ」とリドルは地団駄を踏む。「最初にドローン飛ばして、そのあとおうちって約束したでしょ」

「そうだな」俺はできる限り優しい声でリドルに言う。「だけどレジは重いから、パパはレジを持ったままドローンを飛ばせないんだ。今日はレジを持って帰って、明日学校からまっすぐ公園に行って、ドローンを飛ばそう」

リドルはちょっと考える。「じゃあ、いまドローン」とリドル。「いまドローン、レジあした」ちょうどそのとき。ニキビ面が警備員を連れて駆け足で店に戻って来る。

「一体どういうつもりだ？」と警備員は言う。ドチビで毛深く、警備員というより犬のミニチュア・ピンシャーに見える。

「なんも」俺は警備員にウィンクし、レジをもとの場所にもどす。「この子を笑わせてただけだ、今日は息子の誕生日でね」

「おめでとう」警備員はリドルにまったく興味なさげな声をかける。「末永くしあわせにな、だけど、いまは君とお父さんはここから出て行かないといけないんだよ」

「うん」とリドルは言う。「ドローンを飛ばしに行くんだ」


公園で俺とリドルはドローンで遊ぶ。説明書には四十メートルの高さまで飛ぶと書いてあったが、すでに二十メートルあたりでリモコンのシグナルをキャッチできなくなり、プロペラは旋回を止めて落ちていく。リドルはそれに心を奪われる。

「リドルを世界で一番好きなのは誰かな?」と俺が聞くと、リドルは「パパ!」と答える。

「パパはどれくらいリドルが好きかな?」ドローンが輪を描いてリドルのまわりを旋回している間に俺が続けると、リドルは「いっぱい!」と叫ぶ。

「空に届くくらい!」と俺は叫ぶ。「月とか星に届くくらい!」

携帯がポケットの中でブルブルいいはじめるが無視する。どうせシルヴィだ。上空でドローンがどんどん小さくなっていき、その直後に落ちて視界から消えると、キャッチしようと二人で芝生を走り出す。リドルがキャッチできれば、もう一度とびっきりの笑顔で笑うだろう。子どものそんな笑顔ほど、うさん臭いこの世の中で美しいものはないのだ。

宛先：セフィ・モレ
差出人：ミハエル・ワルシャヴスキ
件名：Re：Re：脱出ゲーム「銀河の果ての落とし穴」

セフィ・モレ様
来週の木曜日がホロコースト記念日だということは承知しています。しかし、私としては、この哀しく恐ろしい日だからこそ、脱出ゲームへ赴きたいのです。個人的には、上記の日に脱出ゲームを営業しないということが、腑に落ちません。つまるところ、この脱出ゲームは天体に関わるもので、私が知るかぎりでは、六百万人のユダヤ人が死に送られたときも天体は通常どおり運行していました。

どうぞよろしくお願いいたします。
ミハエル・ワルシャヴスキ

＊

宛先：ミハエル・ワルシャヴスキ
差出人：セフィ・モレ
件名：Re：Re：Re：脱出ゲーム「銀河の果ての落とし穴」

ミハエル・ワルシャヴスキ様
ホロコースト記念日は、世界全体、とりわけ私たちユダヤ人がそれまで経験のなかったトラウマになるような恐ろしい出来事とじっくり向き合うよう設定された日であり、あくまで個人的には同日を無視し、通常日のように脱出ゲームを営業することに違和感を覚えます。個人的な意見ですが、この重要かつ哀しい日に私たちの時間を、ほんの一日ではありますが、この恐ろしい時代についての学びと知見を深めることに捧げ、どんなに魅力的に映ろうとも、他の領域への興味はそれが不謹慎にならないように慎む方が好ましいと思われます。

ご了承下さい。
セフィ・モレ

GooDeed《グッディード》

ある金持ちの女が貧しい男にハグをした。完全に行きあたりばったりでノープラン。男は女に近づいて、コーヒー代をわずかばかり無心した。彼女の住まいの近所に物乞《ものご》いはいなかったので、女は思いっきり不意を突かれた。近寄った男の方も、よくいる感じの物乞いではなかった。英語がうまい白人で、スーパーのカートを持っている明らかな路上暮らしだが、ひげを剃《そ》っていて清潔に見えた。金持ちの女は硬貨を探したが、財布の中には百ドル札しか見つからない。十ドル札か二十ドル札があれば、ためらうことなくあげていただろうが、百ドルはちょっと多すぎる。もらう方だって困るだろう。

それに、物乞いと普通の通行人の間には鉄則がある。互いに礼儀正しく話すこと、目を見ないこと、名前を聞かないこと、二十ドル以上渡さないことで、二十ドルまでは気前のよさの範囲内だが、そこを超えると――注意を引く行為になる。印象に残ってしまう。貧しい男に「奥さんは素晴らしい方です」と無理矢理言わせるか、恩知らずにさせるか。女はそういった立場におかれたくなかったので、スーパーのカートを持っている男に「ここで待っててちょうだい、いいわね？　食料品店でお金を崩してくるわ」と言った。

「あそこでは崩してくれませんよ」と貧しい男は言う。「誰にも両替しないんです。水道から水も飲ませてくれないし、トイレも使わせてくれない」

「あら」と女は言う。「とりあえずやってみるわ、ね？」

「おかまいなく」と貧しい男は言った。「大したことではありませんので、別の機会にください。お名前は？」

金持ちの女は貧しい男に名前を言ってなかったが、そのときは逃げ道がないと感じ、名を告げた。

「いい人ですね、ノラさん」と貧しい男は言う。「ぼくがはじめてじゃないでしょうが。やさしい心をお持ちですね」

「そんなこと言われたのはじめてよ」とノラは言った。「わたし、兄を相当助けているの。経済的に。親のこともよ。父をね。母はもう死んでしまって、助けられないから。でも、やさしい心を持っているなんて言われたことないし、ありがとうさえ言われなかったわ」

「そいつはクソだ」と貧しい男は毒づいた。「うんざりしますね。自分が透明人間とか奴隷みたいに感じちゃいますよね。目に見えない奴隷なんだって。みんなが欲しがっているものをあげられないときだけ、気付かれるような存在だって」

金持ちの女はうなずいた。女は貧しい男に、かつては家族みんなを愛していたし、今も愛したいのだが、もうそのエネルギーがないと伝えたかった。夫は再婚で十四歳の問題児の娘がいたから、知り合った時に「子どもはなしで」と言われ、実際ふたりに子どもはなかったが、生活には満足だったから、むしろそれでよかったのだとも言える。十分に。でもやるせないのは、実は子どもが欲しかったと、夫に一度も伝えなかったことだった。

貧しい男は女の動揺を感じ取って「どこかに座りましょう。角にベンチがあって、すぐ近くにテイクアウトできるコーヒーショップがあります、ぼくが払いますので」と言った。しかし、女はそうしたくない。コーヒーはいらないし、扉を閉めたらすぐに泣ける家以外、どこにも行きたくない。でも貧しい男を傷つけたくないし、傲慢《ごうまん》だって思われたくない。そのしたい、したくない全体の中から、最後にでてきたのがハグだった。唐突でぬくもりのある惜しみないハグだが、他人との境界線も引くハグ。「一緒にいるわ」と同時に「わたしはわたし」と言うような。いい気分だった。もう最っ高。ハグのあと、他人からどう思われるか、ルールを破ってるんじゃないかなど、女は一切考えずに男に七百ドルを渡した。どのみち女が名前を言った時点で、ふたりはルールを破っていた。男は「多すぎます」と言い、女は「ぴったりよ」と言った。男が金を受け取ると、女は男をもう一度ハグし、その場を立ち去った。

もともと、なるべく早く家に着くようタクシーを拾うつもりだった。しかし、もう早く帰る必要はないし、今日という特別な日を楽しみたい。さらに、財布には金が残ってなかった。それで家まで歩いて帰ったのだが、ジミーチュウの赤い靴で踏みしめる一歩一歩は、雲の上を歩くようだった。

あとになって女は友人たちに語った。自分のしたいことをする感覚について。自分をいい気分にする感覚について。七百ドルを渡し「ありがとうノラさん。おかげでいい一日、いい一年にすらなりました」と言われる感覚について。そんなことを最後に言われたのはいつだったろう？　友人たち全員が即座に本質を理解し、似たような感覚を欲しがった。夫に無理矢理連れて行かれる、恒例の疲れるダンスパーティーで寄付をして、締めに金のピンバッジをもらい、町長とイベントに来ていた往年の映画スターからあたりさわりのないありがとうの言葉をもらうだけでなく。人生をどん底から救ってやった男から、救うまでいかなくても、生活を向上させてあげた男からのありがとうを、眼差しを、もし不自然じゃないならハグだって欲しい。男が目をうるませるのを見たいし、この方たちを遣わしてくれてありがとう、とイエス・キリストに感謝するのを見たい。聖人のように、金持ちの女ってだけじゃなく。

　ノラは友人のふたりをシルバーのミニ・クーパーに乗せた。三人が乗るには理想的とは言いがたく、スーザンは長い脚を折りたたんで後部座席に押し込めないといけなかった。ノラはもっと簡単に物乞いを見つけようと考え、警備会社がまばらな、南の方のごく普通の住宅地を何度かまわり、実際にひとり発見した。犬を連れた片脚のない物乞いだった。スーザンとカレンはどっちが金を渡すか話し合ったが、話し合いというよりは譲り合いで、結局カレンが片脚のない男に近づいた。脚のない男は退役軍人と黒マーカーで書かれた段ボールのプラカードと、ペプシのロゴが入った使い捨てのプラスチックカップを持っていて、カレンはそこに千二百ドルを入れた。脚のない男は金額を感じとった。正確にいくらあるかはわかってなかったかもしれないが、百ドル札に気がつき、カレンがそれ以上の金を入れたのを知った。男は何も言わず、ただカレンの目をじっと見つめて、それからありがとうのしるしにうなずいた。その夜、みんなが眠ったあとカレンはベッドに横になり、目をつむったまま男のうなずきを思い返して、全身に震えが走るのを感じた。そんなふうに見つめられるなんて、もう長いことなかったのだ。

　次の日、スーザンのために物乞いをひとり発見した。その男とはイマイチだった。つまり、金を受け取ってありがとうと言い、歯のない笑顔さえ見せたが、男がすべてをドラッグにつぎこんでしまうジャンキーだとノラがすぐに気が付き、実際に男とスーザンの間には他のふたりのような瞬間は生まれなかった。といって、悪い経験では決してなかったのだが。

その後も何度か試みて、ノラもカレンもはじめてのドキドキ感こそなかったが、みんないい気分だった。女たちから金をもらった人たちもいい気分だった。なんにせよ、もらう前よりはいい気分だ。たちまちカレンはアプリのアイディアを思いついた。そのアプリでは、近所のホームレスや物乞いに関して入力されたあらゆる情報がデータ化され、検索するとGPSのように一番近くにいる物乞いの位置をいつでも特定してくれるのだ。

天才的なアプリだった。あっという間に広まって、みんなドハマりした。サンフランシスコ・クロニクルがインタビューに来て、マーク・ザッカーバーグさえも会社を買収したがった。ノラとカレンは売却を断ったが、収益があれば寄付にまわし、独占しないという条件付きで譲渡することに合意した。

彼女たちがそう言うと、ザッカーバーグは気分を損ねたようだった。「金のためにわたしが関心を寄せたと思いますか?」とザッカーバーグは言う。「金なら十分にあります。わたしは善行を施すために興味を持ったのです。『善行を施す』というのは、地球の裏側にいるスーダン人やインド人にトイレを寄付するという意味ではありません。すぐ近くで生活しているのに、まったく存在に気付かれないすべての人を助けるという意味です」ザッカーバーグはそれは見事に言ったので、ノラは息が止まるかと思った。デキる男で、今いる地位へ偶然たどり着いたわけではない。ノラはカレンとふたりきりで話す時間が欲しいと言ったが、ノラが言葉をつぎ足す前に、カレンがノラの腕を摑《つか》んで「譲るべきだわ」と言った。

ザッカーバーグが引き継ぐまで、アプリは「一日一善チェッカー」という名称だったが、ザッカーバーグはただちに、より短くキャッチーな「ＧｏｏＤｅｅｄ《グッディード》」に替え、三か月経たずに大ヒットとなった。「ワッツアップ」までいかなくても、大ヒットだった。

六年後、ノラは路上でハグした男にデパートを出たところでばったり会った。ちょうど同じ月にノラと夫は離婚届にサインしていたが、お変わりありませんかと男に聞かれると、ノラは、ええと言った。ウォルターと別れて、人生で初めてひとりでいるとはどういうことかを理解したと話したい気持ちもあるにはあったが、代わりにアプリについて話すと男はひっくり返りそうになった。男はもちろん、みんなと同様アプリのことは知っていたが、アプリのきっかけが自分とノラの出会いにあるなんて思いもしなかった。あの会話に。あのハグに。ふたりの別れ際にノラは財布を取り出し、金を差し出した。

「もう物乞いじゃないんです」と男は微笑む。「本当にあなたのおかげです。あの出会いのおかげでぼくは立ち直り、酒を飲むのを止めて、今はコミュニティーセンターで講師をしているんです。何年か前に亡くなった叔母が遺産を残してくれて、そのお金でこの近くに小さなアパートを買いました。それに、ほら！」目の前で揺れる男の手に、金の指輪が光っていた。「結婚もしました。で、何が起きたと思います？　ぼく、双子の父親なんです」

ノラは手に札を持ったまま、その場に立ち尽くしていた。

「要りません」と、男は半ば申し訳なさそうに言った。「あのころは必要でしたけど、いまはもう大丈夫です。本当に」

「受け取って」と、ノラは涙ぐみながら懇願した。「お願い、受け取って。わたしのためだと思って」

手には何百ドルかあり、いくらあるか正確にわからなかったし、数えもしなかった。ノラがつらそうに泣き出してからやっと、男はノラの手から札を受け取った。

宛先：セフィ・モレ
差出人：ミハエル・ワルシャヴスキ
件名：Re：Re：Re：Re：脱出ゲーム「銀河の果ての落とし穴」

セフィ・モレさんへ
ヘブライ語化された貴方のお名前からはそのルーツを探るのは難しいですね（お母様が東欧のアシュケナジー系の名前である「レレル」からヘブライ語の「モレ」に変えたのでしょうか？それともアラビア語の「ムアレム」からですか？）。しかし、私に関しては、事は単純明快です。私の名前「ワルシャヴスキ」は私の家族がワルシャワの出身だからで、母が車椅子に乗っているのはナチスが母を車椅子生活にさせたからです。ホロコースト記念日は特に母にとってつらいものです。母の頭は人間であれば進んで忘れたいと思う記憶でいっぱいになるからです。母はなぞ解きと天文学のファンなので、私は貴社の脱出ゲームのなぞ解きが少しでも母の考えをまぎらわし、母の痛みをやわらげてくれるのではという希望をもってうかがおうと考えたのです。しかし私の理解が正しければ、ホロコースト記念日が貴方とご同僚にとって楽しい休日であることはさておき、貴方の見解ではホロコースト生存者が苦痛を感じる記憶からの脱出先を見つけることは禁止されているようですね。イスラエル人として私たちは、ホロコーストの記憶に苦しみ続ける母の傷口に無神経な指で塩をぬり、母の呻《うめ》きを黙禱《もくとう》のサイレンと溶け合わせろとでもいうのでしょうか。
有意義なホロコースト記念日を。
ミハエル・ワルシャヴスキ

＊

宛先：ミハエル・ワルシャヴスキ
差出人：セフィ・モレ
件名：Re：Re：Re：Re：Re：脱出ゲーム「銀河の果ての落とし穴」

ワルシャヴスキ様
私の書き方が貴方のお母様と貴方を傷つけたとしたらお詫びいたします。事実をより明確にしたうえで、説明させていただきたいと思います。市の条例によれば国の黙禱の日にはすべての娯楽施設の営業を停止することが定められており、ホロコースト記念日と記憶の日も該当します。その日に脱出ゲームを営業停止にすることは私や同僚の個人的な見解によるものではなく、ルールに沿いたいという私たちの思いによるものです。

この哀しい日にお母様がどうか心の平安を少しでも見つけられますことを、お祈りしております。ホロコースト記念日に入る前、もしくは終了したあとに私どもの脱出ゲームにご案内できることを一同心待ちにしております。

誠意をこめて。

セフィ・モレ

クラムケーキ

五十歳の誕生日に、母さんが太っちょチャーリーのレストランへランチに連れて行ってくれる。ぼくはメイプルシロップとホイップクリームのかかったパンケーキタワーを頼みたいのに、母さんはいつも通りもっと身体にいいものを注文しなさいとうるさい。「誕生日だよ」とぼくは言い張る。「五十歳のさ。パンケーキを注文させてよ。今日だけなんだから」「でもね、ケーキはもう焼いてあるんだよ」と母さんは不満をこぼす。「おまえの好きなクラムケーキだよ」

「パンケーキは食べるけど、クラムケーキなんか一口もいらないよ」ぼくがきっぱり言うと、母さんは少し考えてからしぶしぶ言う。「パンケーキもクラムケーキも、一回限りってことで許してあげるよ、誕生日だけだからね」

太っちょチャーリーが花火を刺したパンケーキタワーを運んでくる。チャーリーは「ハッピーバースデー」をしゃがれ声で歌いながら、母さんが一緒に歌ってくれるのを待つが、母さんは層になったパンケーキに怒りの視線を浴びせている。だから、代わりにぼくが一緒に歌う。「いくつになったんだ？」とチャーリーが聞いてくる。「五十歳だよ」と、ぼく。「五十歳でまだお母さんとお祝いしてるのかい？」チャーリーは驚いて口笛を吹く。「まったく、羨ましいですよ、パイコブさん。うちの娘なんか彼の年齢の半分だってのに、誕生日を一緒に祝わなくなって久しいですよ。娘からしたらおれらは老いぼれなんだろうな」

「お宅の娘さんの仕事は何？」母さんは、ぼくの皿に山盛りになったパンケーキから視線をそらさずに聞く。「よくわかりませんがね」とチャーリーは認める。「ハイテク関係です」

「うちの子は太っているし無職なのよ」と母さんは小声で言う。「だから先走って羨ましがったりしないでちょうだい」

「息子さんは太っちゃいませんよ」とチャーリーは笑おうとして、口ごもる。チャーリーにくらべれば、ぼくはホントに太ってない。「無職でもないし」と、パンケーキを頬《ほお》ばりながらぼくは言う。

「いい子だね」と母さんが言う。「一日二ドルであたしの薬を箱に入れるのは仕事とみなされないんだよ」

「ハッピーバースデー！」とチャーリーは言う。「ハッピーバースデー！　たんと食ってくれ」と言いながら、うなる犬から遠ざかるようにテーブルからちょっとずつ後ずさる。母さんがトイレに行くと、チャーリーがまたテーブルに近づいてくる。「なあ」とチャーリーは言う。「君は善行を積んでるなあ。お母さんと一緒に暮らしたりしてさ。おれのお袋は親父が亡くなったあと、一人暮らしだったよ。ぜひ君に会ってほしかったな。このパンケーキの花火よりもっと早く弱ってったんだ。君のお母さんは明日までああだこうだうるさく言ってるかもしれんが、君はお母さんに生きがいを与えていて、それは聖書に直結する善き行いだよ。『汝の父と母を敬え』ってね。ところで、パンケーキはどうだい？」

「サイコーだよ」とぼくは言う。「もっと来れないのが残念だな」

「近くに来たら、いつでも寄ってくれ」とチャーリーはウィンクして言う。「ぜひごちそうさせてくれ。お代なんかいらないよ」ぼくはなんて言っていいかわからなかったから、微笑んでうなずく。

「本気だぞ」とチャーリー。「君にごちそうしたいんだ。うちの娘はずいぶん長いことおれのパンケーキに触れようともしなくて、年中ダイエット中なんだよ」

「来るとも」と、ぼく。「約束だ！」とぼくが言うと「よし」と、チャーリー。「決まりだな。君のお母さんには一言も言わないって約束するぜ。絶対な！」

家に帰る途中ぼくらはスーパーに立ち寄り、母さんは誕生日だから何か一つプレゼントを選んでいいと言う。ぼくはバブルガム味のエナジードリンクがほしかったけど、母さんは、今日はもう十分甘いものを食べたんだから違うものを選びなさいと言う。ぼくは、ロトの券を買ってよと頼む。母さんは、ギャンブルは人に受け身でいることを教え、運命を変えるために行動しないで自分にあぐらをかき、運が救ってくれるのを待つだけだから自分は反対だと言う。

「そういうくじに当たる確率がどれくらいか、知ってるかい？」と母さんは聞く。「百万分の一か、それ以下だよ。よく考えてごらん。帰り道で交通事故にあう確率の方が、くじに当たるチャンスよりよっぽど高いんだよ」しばしの沈黙のあと「でもどうしてもって言うんだったら、買ってあげるよ」とつけ加える。どうしても、とぼくが言うと母さんは買ってくれる。ぼくはロト券を一回目は横に、二回目は縦に折ってジーンズの小さな前ポケットに押し込む。父さんはずっと前に、ぼくが母さんのお腹の中にいる時に帰り道で交通事故にあって死んだから、ぼくにだってまだチャンスはありそうだ。

今晩はテレビでバスケットの試合が見たい。今年はウォリアーズが絶好調だ。今までに見たことないくらいステフィン・カリーのスリーポイントシュートが冴えわたっていて、ゴールをまったく見ないでシュートしても、次々と決まるのだ。母さんは承知せず、世界の最貧困地域についての番組がナショナルジオグラフィック・スペシャルで放送されると「テレビガイド」に載っていたと言う。「譲ってくれない?」とぼく。「なんてったって、今日はぼくの誕生日なんだしさ」しかし、母さんはぼくの誕生日はユダヤ教式に昨日の日没にはじまり、さっき陽が沈むと同時に終わったので、今は普段どおりの日だと言い張る。

母さんが番組を見ているあいだに、台所へ行って母さんの薬を箱に入れる。母さんは薬を一日に三十錠以上飲む。朝に十錠と夜に二十錠ちょっと。高血圧と心臓とコレステロールと甲状腺の薬。量が多いので、飲むだけで腹一杯になるし、母さんが持ってない病気がこの世にあるんだろうかと思う。たぶんエイズは別。それと狼瘡《ろうそう》も。箱に薬を入れたあと、ソファにいる母さんのとなりに座って一緒に番組を見る。画面にはカルカッタの最貧地区で育った、せむしの少年が映っている。背中を曲げたまま寝るために、両親が就寝前に少年をロープで縛る。そうすることで、とナレーターは説明する。少年の背中のコブはさらに突きでて、成長するにつれて同情を引き、街のほかの物乞いとの厳しい競争で著しく有利になると言う。ぼくは誰かさんみたいにいっぱい泣いたわけではなかったが、それでも少年の話はすごく哀しかった。

「バスケットに変えたいかい?」と母さんは優しい声で言い、ぼくの髪を撫《な》でる。「ううん」と、ぼくは顔を袖でぬぐって母さんに微笑む。「これ、面白い番組だね」番組はホントに面白かった。「レストランで悪く言ってすまなかったね」と母さんは言う。「おまえはいい子なんだからね」

「大丈夫だよ」とぼくは言って、母さんの頰《ほお》にキスをする。「全然気にしてないよ」

次の日の朝、母さんと眼科へ出かける。医者は母さんに視力検査表を見せて、読み上げてくださ い、と言う。母さんは文字を判別できると大声を出し、判別できないと、挽回しようとばかりにし つこく勘で当てにいく。医者は一日一回の緑内障の薬を追加する。眼科が済むと、薬局へ新しい薬を買いに行って、家に着くと忘れないうちにぼくは薬を夜用の仕切り箱に加える。それからスポーツウェアに着替えて児童向けのバスケットコートに出かける。

何年か前、ぼくがそこで自分の息子とプレーするのにイラついた、タトゥーのある赤毛の母親と揉《も》めたことがあった。ぼくがコートで息子とプレーしているのを見るやいなや、ばかでかい声で息子にさわるなと言ってきた。ぼくは、バスケットのルールではディフェンス時に対戦相手に触れていいことになっており、心配ない、自分はお宅の「かわいい子」より大きくて強いとわかってるから、ディフェンス時も気をつけてプレーする、と説明した。しかし、母親は耳を貸すどころか余計イラついた。「うちの息子を『かわいい子』とか言うんじゃねえ、このヘンタイが」と母親は怒鳴って、使い捨てコーヒーカップをぼくの顔に真正面から投げつけた。さいわいコーヒーは生ぬるくて、トレーナーに染みがついただけで済んだ。

その一件の後は何か月もバスケットコートに行かなかったが、プレーオフが始まって、いい試合を見ると、自分もプレーしたいという欲がわくものだ。タトゥーの母親に怒鳴られるのが怖いからコートに戻りたくなくて、母さんに自分専用のバスケットゴールを買って庭に吊るしたいと頼んだ。

そのとき、はじめて母さんに事件について話したが、母さんはいつものように静かに怒り狂い、トレーニング用のズボンを履いてバスケットボールを持ちなさい、と言って一緒に家を出た。

バスケットコートへ行く途中、母さんは震える声で、あそこでぼくとプレーする子どもの親はみんなぼくに感謝しないといけない、なぜってぼくみたいに子どもたちとプレーし、いろいろ教えてあげるやさしさと良心を持ち続けている大人は、ぼくをのぞけば世間にはそうそういないからと言った。

「いいかい」としゃがれ気味の声で母さんは言う。「バスケットコートに着いて、そのバカなタトゥー女を見たら、あたしに知らせるんだよ、わかったね？」ぼくはうなずいたが、内心赤毛がそこにいないことを祈った。というのも、母さんはかなりの年配だけど、赤毛の脳天めがけて歩行づえをたやすく振り下ろすってわかっていたからだ。バスケットコートに着くと、母さんはベンチに腰をおろし、暗殺者を突きとめるボディーガードのように周囲の親をじろじろ見た。コートの半分側には誰もいなかったから、はじめのうちはそこでひとりでドリブルとシュートだけしていたけど、すぐにもう半分側でプレーしていた子どもたちが、プレーヤーが足りないから参加しないかと聞いてきた。試合の最後にぼくが勝利の一発を決めて母さんをチラッと見ると、ベンチに座って携帯で何か読むふりをしながら何もかも見ていて、ぼくを誇りに感じているのがわかった。

バスケットコートには子どもが一人もいなかったので、しばらくはなんとなくスリーポイントエリアからシュートしていたけど、十五分も経つと飽きてくる。太っちょチャーリーのレストランは歩いて五分もしない場所にあり、着いたとき店はがらがらで、チャーリーはぼくを見るなり思いっきり嬉しそうにする。「スターのお出ましだ」とチャーリーは言う。「バスケットしてたのかい？」ぼくはバスケットコートには誰もいなかったと言う。「まだ早すぎるんだな」とチャーリーは言ってウィンクする。「でも、おれの山盛りパンケーキを食べ終えるころには絶対に何人かいるはずさ」チャーリーのパンケーキはサイコーにおいしかった。食べ終えてチャーリーにありがとうと言い、お金を払わなくて大丈夫かもう一度聞く。「いつでも大歓迎だよ、スターさん」とチャーリーは言う。「お礼を言うのはこっちの方さ」

「でも母さんには内緒だよ？」と店を出る前にぼくは聞く。「心配するなって」とチャーリーは笑って自分の腹を叩く。「君の秘密はこの腹の奥の奥にしまっておくよ」

土曜日の夜にロトの抽選会が開かれる。母さんが薬を飲むなり知らせてくる。「ドキドキしてるかい？」と母さんは聞く。ぼくは肩をすくめる。母さんはもう一度、当たるチャンスは百万分の一以下だと言って、それでも当たったらどうするか聞いてくる。ぼくは、賞金の一部は絶対にテレビで見たあのせむしの少年に送ると言った。母さんは笑うと、あの番組は何年も前に撮影されて、せむしの少年は今頃せむしの大人に成長し、あれからお金をうんと集めているから、誰からも良心を必要としていないばかりか、大便したあと手を洗わないせいで、ああいう人たちが決まってかかる病気で死んだ可能性がかなり高いと言う。

「ナショナルジオグラフィックの子どもは忘れなさいな」と母さんは言って、ぼくが好きなふうに髪を撫でてくる。「で、何がしたいんだい？」ホントにわからなかったから、また肩をすくめる。

「もし本当に当たったら。きっと、ひとり用の大きい家に引っ越して、ウォリアーズ戦の年間ＶＩＰシートに加入して、あたしの薬をあんたの代わりに用意する、どっかのばかなフィリピン人を雇うんだろうね」と言って、あまりうれしそうじゃない笑顔を浮かべる。ぼくはむしろ、リラックスできるから母さんに薬を用意するのは好きだった。「試合には行きたくないよ」とぼくは言う。「オークランドのラリーおじさんのところに行って、試合に連れてってもらったときのこと覚えてる？一時間も並んだし、入り口で案内係が入場者に向かって怒鳴ってたんだ」

「じゃ、年間ＶＩＰシートの入会はなしだね」と、母さんは言う。「じゃあ、何を買うんだい？」

「部屋のテレビかな」と、ぼく。「でもこういうんじゃなくて、チョーでっかいやつだよ」

「いい子だね」と母さんは言う。「一等は六千三百万ドルだよ。当たったら大画面のテレビ以外にも買うものを考えないとね」

　ロトの抽選会を見るのは人生初だった。ピンポン玉でいっぱいの透明なマシンみたいなものがあり、一つひとつのピンポン玉の上に番号が書いてある。マシンのオペレーターは金髪の女性で、ひきつった不安そうな笑顔をずっと浮かべている。母さんは彼女の胸はニセモノで、額はピクリともしないので、ボトックス注射をしているのが一目でわかると言った。そのあと、トイレに行かなきゃ、と母さんは言う。去年、膀胱《ぼうこう》に深刻な問題が出てきたせいで、三十分に一回トイレに行かないといけないのだ。「当たるといいね。もし母さんがトイレ中に当たったってわかったら——叫ぶんだよ、パンツ一丁で飛び出すから」と言って笑い、ソファから立ち上がる前にぼくにキスをする。

「でも、むやみに叫ぶんじゃないよ、いいね？　医者があたしの心臓について言ったこと、覚えてるね？」

　ひきつった笑顔の金髪女性がマシンの作動ボタンを押す。ぼくは彼女の額を見つめる。母さんの言うとおり、額はホントにピクリともしない。最初にマシンから出てきたピンポン玉に書いてある

「46」は、ぼくらの家の番号だ。二つ目に書いてある「30」は、父さんが死んで、ぼくが生まれた時の母さんの年齢だ。三つ目の「33」は、緑内障と診断される前に、母さんが一日に飲んでいた薬の数だ。額がコチコチの金髪女性のマシンが選ぶすべての番号が、母さんとぼくの人生に関係あるのが妙で、すべての番号が自分のくじに書いてあるのが不思議だった。ぼくは最後の三桁をチェックすらしないで、女性が自分の額を麻痺させる注射を打つのはなんでだろう、母さんと別々に住むことになったら、どれだけさみしいだろうと考える。

母さんがソファに戻ってきた時、ぼくはバスケットを見ていたが、母さんはちょうど夜のニュースの時間なのでチャンネルを変えると言い張る。ニュースではパキスタンの自爆テロで六十七人が殺されたと伝えている。どの街でテロが起きたかは言ってなかったので、カルカッタじゃないことだけを祈る。母さんは、カルカッタはインド国内にあり、パキスタンはインドより劣悪な別の国だと説明する。「まったく、人間が次から次へとやることといったら」と母さんは言い、台所へゆっくりと歩いていく。テレビにテロが映るたび、母さんは空腹になる。母さんはスクランブルエッグはいるかと聞いてきて、ぼくは、お腹は減ってるけどスクランブルエッグはいらない、と言う。「誕生日に焼いたクラムケーキの最後のひと切れ、いるかい?」と母さんが台所から呼びかけてくる。「いいの?」と、ぼく。「しかも夜だっていうのに?」たいていの場合、母さんは甘いものにとても厳しい。「今日は特別な日だからね」と、母さんは言う。「あんたがロトに外れた日だよ。何かしらの残念賞にふさわしいさ」

「なんで外れたってそんなにはっきりわかるの?」と、ぼく。「だって約束どおり叫ばなかったじゃないか」と母さんは微笑む。「叫んだって聞こえなかったかもしれないじゃないか。半分難聴なんだから」とぼくは言って微笑み返す。「半分難聴で、半分死にかけ」母さんはうなずいて、ぼくのために、ケーキの最後のひと切れをテーブルに出す。「いい子だね。でも正直に言ってごらん。こんなにおいしいクラムケーキを焼けるのは、世界中で母さんしかいないだろう?」

宛先：セフィ・モレ
差出人：ミハエル・ワルシャヴスキ
件名：Re：Re：Re：Re：Re：Re：脱出ゲーム「銀河の果ての落とし穴」

親愛なるモレ様
先のメールで貴方の個人的な見解よりも、ルールに従うことで個人的な判断を避ける、というような発言が随所に見受けられましたが、それはホロコーストの記憶を見つめたい、過去から学びたいと願っている人間にとっては非常に重大な論点です。身体が不自由な高齢のユダヤ人女性を助けることは、貴方にとってリション・レツィオン市の条例に従うことよりも重要性に劣るということを知り、驚いたと言わざるを得ません。もし将来、市の条例によって、たとえば私の母と私を権力者に引き渡すよう命令されたとしたら、貴方がどういった立場をとるのか、容易に推し量ることができます。私たちのメールのやりとりからは、貴方が迫害されている少数派の人間を屋根裏部屋にかくまうような方には見受けられない、ということは言うまでもありません。

ご苦労様です。
ミハエル・ワルシャヴスキ

＊

宛先：ミハエル・ワルシャウスキ
差出人：セフィ・モレ
件名：Re：Re：Re：Re：Re：Re：脱出ゲーム「銀河の果ての落とし穴」

ミハエル様
貴方が最後に送ってくださったメールに深く傷つきました。私をナチスの協力者たちと比較するのは見当はずれというものです。そして以前のメールにあった質問についてですが、私の祖父と祖母はイラクからこの国に来たときに苗字を「ムアレム」から「モレ」に変えました。熱心なシオニストだった祖父が迫害と拷問に苦しんだために自分たちの国を離れたのです。そのためルーツは東欧ではありませんが、私の家族もまた迫害と苦しみの犠牲者なのです。お母様の心揺さぶられるご状況への同情の念から（そして貴方が用いた暴力的で攻撃的な表現にもかかわらず）個人的な判断により、また同僚と相談することなく、ホロコースト記念日の朝にお母様と貴方を脱出ゲームへお招きすることを決定いたしました。難解ななぞ解きと天体観察が、お母様につきまとっているであろうつらい記憶から——たとえ短時間でも——逃れる助けになればとの思いからです。

近日中にお目にかかるのを心待ちにしております。
セフィ・モレ

P.S.
ベイト・ジョブリン解放後に撮影された装甲車の上にいる祖父の写真を添付いたします。

＊

宛先：セフィ・モレ
差出人：ミハエル・ワルシャヴスキ
件名：Re：Re：Re：Re：Re：Re：Re：脱出ゲーム「銀河の果ての落とし穴」

ありがとうございます、セフィさん。
母共々、貴方の柔軟な対応にとても感謝しています。そして貴方が称賛するなぞ解きを使った脱出ゲームができることをうれしく思います。私の主張の妥当性について複雑な議論は避けますが、貴方を傷つけたという事実については謝罪いたします。どうか私の謝罪を受け入れると同時に、貴方のイラクのお祖父様と私の母の間の不適切な比較については、こちらにもそれなりの憂慮があると理解していただけますでしょうか。私の知る限りでは、イラクではジェノサイドはなく、ユダヤ人はだれも焼却炉とガス室に送られなかった(私にはイラク人がガス室を建てるほど進んだ技術を持っていたかどうか疑問に感じられます)。理想主義のお祖父様は故国で不快な経験を少なからずしてきたと想像しますが、その経験とホロコーストのおぞましさの比較は、どれも無神経と無知を示すものです。来週の木曜日に私たちユダヤ人の歴史ではなく天文学に集中できることを、さらなる摩擦から私たちを遠ざけてくれることを望んでいます。

敬具
ミハエル・ワルシャヴスキ

P.S.
お写真をありがとうございます。貴方のお祖父様は実に勇気があり地に足のついた男性に見え、私はお祖父様が夢を叶えたことをうれしく思います。
残念ながら、アウシュヴィッツに送られた私の祖父母は若干不運な人たちでした。私は祖父母の写真を持っていないので、彼らの死に責任のある殺人者たち(永遠に捕えられず裁かれなかった)の写真を添付します。

父方はウサギちゃん

パパ

パパが姿を変えたとき、ステラとエラとあたしは十歳になろうとしていた。ママは、あたしたちが「姿を変えた」というのが好きじゃなくて「出ていった」といいなさいってしつこかったけど、学校から帰ってきたとき、家は空っぽなんかじゃなかった。実際に、パパはひじかけ椅子の上で三人を待っていて、ウサギならではの純白の輝きをはなち、パパが一番よろこぶ仕方で耳の後ろをなでようとかがむと、ぜんぜん逃げようとしないで、うれしそうにただ鼻をヒクヒクさせた。ママはすぐに、家の中をめちゃくちゃにするから置いてはおけないといい、ステラがそっと、ウサギはほんとはパパなんだと明かすと、もう十分つらいんだからやめなさいといって怒って泣きだした。

エラとあたしはジャスミン茶と一緒にアーモンドクッキーをママに出した。なぜってジャスミンは人を落ち着かせるし、アーモンドクッキーはしあわせな気持ちにする。それにその日の午後、ママはとても落ち着きがなくしあわせでないように見えたのだ。ママは、ありがとうといってお茶を飲むとあたしたちにキスし、昨日の夜みんなが眠っているとき、ママとパパは三人を起こさないように小声でけんかし、そのあとパパは白いテニスバッグにいろいろ詰めて家を出ていったのよといった。ママは、厳しくつらい時期に入ろうとしているいま、みんなで強く生き、お互いに助け合わなければいけないといって、話し終わるとしーんとした居心地の悪い静けさがあたしたちを包んだ。しまいにパパが、ママを抱きしめなさいと鼻で合図したので、抱きしめるとママはまた泣き出した。ママが泣くのにおびえたエラが、「だけどなんで泣くの？　だって、パパは帰ってきたじゃない」とささやいてほおをなでてもママは泣きじゃくり、怒っているようなむせび泣きに変わっていった。話題を変えようとしたエラが、今日は四人で一緒になにかたのしいことをしよう、キャロットケーキを焼くとかと提案するとママはよけいにイラついて「このウサギ、今日中にここから追い出さなくちゃダメよ、いいわね？」といって、ベッドへ休みに行ってしまった。

ママが昼寝から目ざめると、しぼりたてのレモネードと、バターとジャムをぬったパン、それに頭痛薬を持って行った。ママはいつも寝起きのときに頭が痛いのだ。ステラが、みんながおしゃべりしているときのパパの顔つきがママをイラつかせるので、パパを部屋に閉じこめて、それからパパを家に居させてと説得するほうがずっと簡単だといったから、そのとおりにした。ステラはエラに、ママはけんかのせいでまだパパに怒っているから、ママに話すとき「パパ」と呼ぶのは禁止だ、パパを完全にゆるすまではただのなんでもないウサギだってふりをしなきゃいけないよといった。

ママはパンを一枚食べて薬を飲み、レモネードを飲みほしてから、一人ひとりのおでこにキスをして、あなたたちを愛しているといい、もう世界に四人しかいないのだから、あなたたちだけがなぐさめよといった。エラは、ひとりぼっちじゃない、ウサギもいるし、あたしたちがママをなぐさめるように、ウサギもなぐさめてくれる。ウサギはお茶を入れたり、お湯を沸かしたり、ジャムのびんを開けたりだってできないけど、足にほおずりしてきて、好きなときにやわらかい毛をなでさせてくれるものといった。ママは、三人ともやさしい心と寛《ひろ》い心のもちぬしよ、どっちも人生でとっても役に立ついいことだけど、ウサギは追い出さなきゃダメといった。それからママは靴をはいて玄関横のたなにある車のキーを取ると、町のペットショップの人を連れてくる、その人が捕まえたら、もっとちゃんと世話のできる、庭つきの広い家を持っている家族に店でパパを売るといった。

「あたしたちがだれよりも一番上手に世話できる」いつもペットショップの変な人を怖がっているエラは泣いた。「あたしたちがいないとウサギはさびしいし、ウサギがいないとあたしたちだってさびしい」だけどママはぜんぜん耳をかさないで、帰ってくるまでテレビを見ていていいといった。

ママが出かけるとすぐに、エラとあたしはステラに、ママとペットショップの人に絶対見つからない場所にいそいでパパを隠さなきゃといったけど、ステラはママは探し物がものすごく上手で、見つからなかったものもなんだって見つけちゃうから、うまくいきっこないといった。「だけど、パパなんだよ」とエラは泣く。「連れていかれるなんて、いや」

「わかってる」とステラはいう。「パパを連れて逃げなくっちゃ」

九歳の誕生日にパパが組み立ててくれた三人乗りの自転車を出し、ハンドルの上に取りつけた学校カバン用のかごにパパを入れ、野原へ向かった。暑い日で、三人とも水を持ってくるのを忘れたけど、ステラは引き返すなんて無理といった。四人の中でパパが一番喉《のど》が渇いているみたいだったが、一番うれしそうにも見えた。パパはいつでも、だれよりも旅行が好きだった。エラは水を取りにもどろう、じゃなきゃパパはきっと気を失うか干《ひ》からびちゃうといったけど、ステラとあたしは逃亡を続けなきゃダメといい張った。

エラがむすっとして、いったん家に戻らなきゃ一緒にこがないといってけんかになりそうになったとき、突然、トウモロコシ畑のど真ん中でステラが水道を見つけた。さびていたが、あたしは水道栓をひねって開け、パパは後ろ脚で立って水をいっぱい飲んだ。ズブ濡れになってもまったく気にしていないようだった。そのあとステラがパパの大好物のトウモロコシの穂をあげると、パパはたちまちたいらげ、そしたらいきなりエラが泣き出して、ママのいうとおりかもしれない、ウサギは理由《わけ》もなく家に入ってきただけで、パパなんかじゃないのかもといった。エラがそういうと、パパはトウモロコシにかまけるのを止めて、エラのそばに寄っていった。泥んこで座って泣いているエラの膝に、パパはかわいい二つの手を置いてなめ、はじめのうち少しおびえていたエラも、パパのベロがくすぐったくてクスクス笑いだし、エラが笑うと、ステラもあたしも笑った。「パパしか、あたしたちをこんなふうに笑わせられないよね」とステラはいい、エラは涙顔のままなにもいわなかったが、ステラが正しいとわかってるのがなで方から見て取れた。

ちょうどそのとき、エラのうしろの小道の脇でトウモロコシ畑の葉っぱが動くのが見えた。一瞬、風のせいだと思ったけど、その日は風がなく、こっちに向かってくるだれかが葉っぱを揺らしていた。顔は見えなかったが、動きからすると三人より背が高く、たぶんママくらいの背で、ペットショップの人の背くらいありそうだった。はじめてママにお店に連れて行かれたときから、あたしはその人が好きじゃなかった。お店のゲージはいつも汚れているように見えたし、青く光るむらさき色の魚一匹のほかは、店にしあわせそうな生き物はいなかった。だれか近づいてくるから静かにしてとステラとエラに伝えたかったのに、恐くてなにもいえなくなってしまった。二人がこっちを見てたら、危険がせまってるってすぐに気づくけど、二人ともパパをなでるのに夢中だった。

トウモロコシ畑の葉っぱがカサカサそよいで、なにかがそろりそろりと歩みよってくる気配がすると、ステラはすぐにパパを抱き上げた。エラとあたしはステラの前に立ち、パパは鼻をヒクヒクさせて不安そうにまばたきして、あきらかに怖がっていた。あらわれたのは、歯のでっかい、背が高くて痩《や》せた、顔に傷のある男の子で、男の子も腕にウサギを抱えていたが、小太りで身体中に白い斑点がある茶色いウサギだった。男の子は口をつぐんで立ったままあたしたち三人を見つめた。パパはステラの腕の中で身体をくねらせ、まるでどこかでその小太りウサギとすでに出会っていて、お話するか、できれば匂いを嗅《か》ぎたがっているみたいだったけど、ステラが強く抱きしめて降ろそうとしなかった。「そんなに見て、どうしたの?」とステラはおびえきった声で、でっかい歯の男の子に聞いた。

「わかんない」と男の子はいった。「ただ……三人そっくりな女の子を今まで見たことがなくって」

「で、ここで一体なにやってるの?」あたしは、ステラよりもっと落ち着いて感じのいい声で聞いた。

「えっと」と、歯のでっかい男の子はいって肩をすくめる。「ぼくたち、おじいちゃん家《ち》から帰る途中で、暑くなってきたから、ここに水道があるって思い出して……」

「ぼくたち?」とエラは聞いた。

「うん」とでっかい歯の男の子はにっこりしながらいい、抱いている小太りウサギをあごで指した。

「ぼくのパパもウサギなんだ」

ロビー

誕生日の朝にロビーはベッドから起きると、リビングのカラフルな包装紙のプレゼントのとなりで、パパがウサギに変わっているのに気がついた。足をひきずっているからすぐにパパとわかったのに、ロビーのママもあたしたちのママみたいに彼のことばを信じなかった。

ロビーのパパは軍隊の将校で、任務は爆弾の解体だった。ロビーはそれを骨が折れて報われない仕事だといつも考えていた。というのも、やるべきことをしたらなにも起きないのに、ミスをしたら最悪な仕事をしたといわれるばかりか、自分だってこなごなに吹き飛んでしまうのだ。いってみれば、うまく焼ければみんながおいしいケーキを食べられて、うまく焼けなくてもなんでもない、みたいなケーキ職人とはちがう。だけど、ロビーのパパは自分の任務が好きだった。何年か前、いちご畑で子どもが見つけた迫撃砲を除去できなくて爆発させてしまい、ロビーのパパは足に破片を受け、それから足を引きずることになった。司令官はべつの任務へ異動させたがったが、ロビーのパパは残るといい張った。「爆弾のあとを追っかけているわけじゃないんだ」とロビーのパパは、任務替えを願うママとロビーに説明した。ロビーのママは、新しい任務もつまらないわけじゃないと説得しようとしたが、パパは笑っていった。「爆弾の解体はなぞ解きみたいなもんだ。この世のなによりおれがなぞ解き好きだって知ってるだろう」

このあいだのロビーの誕生日の朝は、ケーキもお祝いもなにもなくて、どこからともなくあらわれた、太って足の不自由なウサギだけがいた。その日、ロビーのママは電話のそばで人としゃべっては泣き、その日の夜に警察がロビーのパパが行方不明だと発表した。ロビーはママに、パパはほんとはウサギに変わったんだとみんなにいった方がいいよといったのだが、ママはロビーをひっぱたいて、それからすぐにごめんねといって抱きしめた。叩かれたあと、これ以上ウサギをパパといわない約束をして、代わりにリビングでパパを育てていいことになった。

「あたしたちのママは、絶対にオッケーしようとしなかったんだ」とステラはいった。「すっごく頑固なの」

そのあと、みんなでロビーの家の台所ですごした。ロビーのママはまだ仕事中で、ロビーのパパはオーブン横の小さなカーペットの上であたしたちのパパと遊んでいた。二人ともとってもうれしそうにお互いをクンクン嗅いでぐるぐる駆け回り、ステラがもう何年も知り合いみたいに遊んでるねといった。外が暗くなりだすと、三人乗り自転車のライトが壊れてるから帰るならいまのうち、まだ外が少し明るいからとエラがいった。

「帰るなんて無理だよ」とあたしはエラにいう。「もしママにパパと一緒にいるのを見られたら、まっすぐパパをペットショップの人に渡しちゃうだろうし、そしたらパパは小さい檻《おり》の中で生きていかなくちゃいけない、パパをぜんぜん好きじゃない家族と……」

「そうだよ」とステラはいう。「ペットショップでウサギを買って、かわいがってからマッシュポテトと一緒に食べちゃう人たちがいるの、知ってるでしょ？」

「信じちゃだめだよ」たちまち泣き出したエラにあたしはいう。「ただのつくり話だよ」

「つくり話なんかじゃない」とステラはいい張る。「ほんとなんだから」

「パパをマッシュポテトと一緒に食べられたくない」エラは泣きじゃくった。

「ここに置いていきなよ、それでいつでも好きなときに会いにくればいい」とロビーはいった。

「うちは大きいし、きみたちのパパってぼくのパパとすごく仲いいもん」

ママ

家への帰り道、エラはまた泣いて、ほとんどペダルをこがなかった。「パパにはほかの子の家なんかじゃなくて、うちで一緒に住んでほしいの」


「ふつうの家じゃないよ」と、あたしはエラをなぐさめようとする。「友だちのウサギがいて、お世話してくれるやさしい男の子がいる家だよ」

「うん」と、エラは涙をうかべながらいう。「あの子はいいの。でも、あたしたちは?」

「毎日、レタスとコリアンダーの葉っぱを持って会いに行けば、エラが好きなように、あたしたちのまわりをくるくる回って足の裏をなめてくれるよ」とステラはいう。「だけど、そのためには賢くなって、ママの前でウサギはパパだっていうのをやめなきゃね、二人とも約束できる?」

ママは家で心配していた。怒鳴られるってわかっていたけど、ママは少し泣いただけで、あたしたちが無事に帰ってきたのがうれしいといって、いたくなるほどぎゅっと三人を抱きしめた。リビングにあるパパのひじかけ椅子に、ペットショップの変な人が座っていた。家に帰ると三人の姿が見あたらなくてあわてたけど、アレックスがとても親切に落ち着かせてくれて、トーストの卵のせだって手伝ってくれたとママはいった。あたしたち三人はごめんなさいといい、ステラはサマーキャンプで男の子と知り合ったけど、ペットを欲しがっていたので、その子の家までウサギを持って行ってたんだと嘘《うそ》をついた。「エラがメモを書くはずだったのに」とステラはいい、エラはうなずいて、「忘れちゃったの」といった。あたしたち三人はママがエラに一番甘いから、エラのせいにするのが一番いいって知っていた。

「たいしたことじゃないわ」とママはいう。「肝心なのはあなたたちが帰ってきたってことなんだから。一瞬、あなたたちまでわたしを捨てて、一人ぼっちになっちゃったのかと思ったわ」パパは一度もみんなを捨てたことなんてないから、そんなふうにいうのはほんとにやめてほしかったのだけど、あたしはなにもいわなかった。エラはママに近寄って抱きしめると「ずっと一緒だよ、ママ」といった。ママはエラを抱きしめ返すと「よかったら明日、学校のあとみんなでその子の家に行って、ウサギと一緒に遊びましょう」と、つけくわえた。

宛先：セフィ・モレ
差出人：ミハエル・ワルシャヴスキ
件名：Re：Re：Re：Re：Re：Re：Re：Re：脱出ゲーム「銀河の果ての落とし穴」

セフィ様
脱出ゲーム「銀河の果ての落とし穴」については、私の母のため、朝方にオープンすることにお骨折りくださったことを重ねて感謝いたします。全体的にクイズは、たとえやさしすぎたとしても（「太陽系の惑星の数を入力せよ」というのはいくらなんでも……）楽しめたと思います。しかし最後の方――空飛ぶ円盤を真似ているつもりの部屋（私の理解が正しければ）――はフラストレーションがつのり、苛立つものでした。脱出ゲームは天文学的事実を土台にするふりをしたり、地球外生命体の存在を証明された事実とみなすべきではありません。母がなぜを解けなかったのも無理ないですし、実際に母は非常に苛々して悲しんでいました。さらに言うと、部屋のエアコンを弱めることを強くお勧めします。宇宙への旅であって、北極への旅ではないのですから。

感謝を込めて。
ミハエル（ワルシャヴスキ）

フリザードン

おれがオーバー14部隊に志願したのはサマーのためだった。サマーはいつもおれのそばにいてくれた。友だちであり、姉であり、ボディーガードであり、母親だった。もし前線で万が一のことがあったら、任期中におれが手に入れてきたもの、ためこんできたものは全部サマーの手に渡るってのがおれたち二人の了解事項だった。しかし今朝、病院から基地へ帰る途中におれは遺言を書き換えた。明日おれがキエフの路地裏で即席爆弾を踏んじまったり、ホムスの中心地でライフル銃の照準に入ったら、すべてはベイカー軍曹へ渡る。サマーは理解しないだろうとおれにはわかってる。もとはといえば、サマーのために志願したのだ。おれたちのために。そしてあのベイカーとやらはマジくそ野郎で、新兵基礎訓練中におれにしたことを考えたら、ボコボコにされたって文句は言えねえくらいだ。刑務所行きさえうなずける。でも、バルト海沖の救命ボートで過ごした夜のあとでは、何事もなかったようにしているのは無理だ。あたらしい遺言はあのチンピラに、奴がしてくれたことに感謝を伝えられる、おれが見つけた唯一の方法なんだ。奴がクリーブランドの実家で電動車椅子に座ってネットでエロ動画を見ているところに、突然こんなメールが届くのが目に浮かぶ。

「退役軍曹殿、貴殿に悪い知らせと良い知らせがあります。正直に言うと、悪い知らせの方はそこまで悪くなく、そんなこんなで貴殿の部下だったどんくさい上等兵が（当時を覚えていますか？ムカつくやつを蹴っとばす脚が使えていた日々のことを？）天にある偉大な軍用倉庫に自らの命を返却しました。しかし良い知らせは――心の準備はいいですか。なぜってホントに良い知らせなんです。亡くなった上等兵の遺言で、今日から貴殿のコレクションに二十九個のレアなマスタータイプのピトモンと八十四個のしあわせたまごが加わります。二十九個のマスターピトモンです！ 海兵隊シリーズ限定の最強のトカゲピトモンであるアーマード・フリザードンまで入っています。静かなる革命の日にバンコクにいた者だけがゲットできたのです。このくそ忌々しい宇宙にたった六つしかありません。そして、いまからそれが貴殿のコレクションになるのです！」

奴が車椅子をバックギアでムーンウォークするのが目に見えるようだ。喜びのあまり狂ったように叫ぶところが想像できる。世界でも最高にアブねえケツの穴で十年間任務についた兵士たちが、素晴らしいコレクションを喜んでこのくそトカゲと交換することをおれは知っている。このくそトカゲを手に入れてからはこいつを武器に百四十二回の差しのバトルを戦ってきた。百四十二回のバトルをだ！ で、すべておれの勝利。誓ってもいいが、もしおれが遺言を書き換えたとベイカーが知ったら、今夜おれの寝袋に這《は》ってきておれの喉《のど》を掻《か》っ切《き》るだろう。あのカス野郎が歓喜の雄叫《おたけ》びを上げるのが目に浮かぶ。奴には、おれのために脊椎をこっぱみじんにした人間には、このくそトカゲを手に入れる権利がある。奴は一瞬、ほかの兵士みたいに躊躇《ちゅうちょ》してもよかった。一瞬怖気づいて——そのあとおれの葬式で礼砲を打ち鳴らしときゃよかったんだ。しかし、奴は躊躇しなかった。

本部に新しい遺言を送った数分後、携帯画面が光ってサマーからメールが来たと告げる。しょっぱなの反応はパニックだった。サマーは知ったにちがいない。護衛部隊総務部が報告したんだろう。サマーの詳細も遺言に書かれていて、おれが貯めた金と給付金は全部サマー名義にしている。おそらく遺言に変更があったら、護衛部隊総務部が指定の受取人全員にアップデート情報を送ることになってるんじゃないか？　おれは援軍を待っている弾薬を切らした戦闘員のようにぼんやりと画面を見つめる。去年、おれはいくつかのヤバい瞬間を潜《くぐ》り抜けてきた。リマでおれたちの乗っているジープが彗星のごとく火を噴いたとき。ライフル銃に包囲されたプーケット島の海岸で、虫けらティミーがおれの一メートル横で弾丸を食らっておれのライフルジャケットに脳みそをぶちまけたとき。アンカラ近隣の村で、反乱軍が菓子箱に仕掛けた偽装爆弾のせいでジマがまるごと腕一本失ったとき。だけどそれも、サマーのメールを開くときの今の恐ろしさとくらべたらなんでもない。というのも、サマーが遺言のことを知ったら、サンディエゴに帰る理由がなくなっちまう。この世界で自分の帰る場所がなくなっちまうんだ。アップデートした遺言を本部に送ったのはまちがいだった。手で全部書き換えてもよかったし、部隊の仲間に渡して、おれに万が一のことが起きた場合にだけ新しい遺言を本部に送ってほしいと頼むことだってできた。だが、おれはバカ正直に本部のサーバーにアップし、世界中に拡散するリスクをとっちまったのである。

サマーからのメールを、起爆装置を身に着けているかもしれないテロリストの死体をひっくり返すように開く。ゆっくりと慎重に。手が汗ばみまくって携帯のタッチスクリーンが反応しなかったけど、病院のチクチクする毛布で画面を拭くと、やっとメールが開く。サマーは、もう何日間かおれから連絡がなくて心配してると書いてた。おれは怪我のことについてサマーにメールを打ち始める。どんなふうにベイカー軍曹がおれの命を救ってくれたか、どんなふうに奴に借りがあり、何か恩返ししなきゃなんねえって感じているか。ベイカー軍曹はもういい年で、もうすぐ二十歳になるってのに、どんだけおれたちよりピトモンGOにはまっているかを。しかし、おれは途中で打つのをやめ、全部消去してから代わりに別の短いメールを送る。「すべて順調だよ。ちょっと忙しいんだ」おれは赤いハートの絵文字三つと、内緒話しているみたいに口に指をあてている絵文字を一つつけて「帰ったら話すよ」と書く。サマーは一生理解しないだろう。戦場にいなかったんだから。

オーバー14部隊はトランプ大統領が三期目に入った一年後に設立された。アメリカはメキシコでの戦争の傷を引きずっていた。ぶっちゃけ言うと？　誰もここまで追い詰められるなんて思ってなかった。前線ではおれたちのドローンが敵を空中から叩きのめしたが、ショッピングモールのど真ん中で起こるテロに対して打てる策は大分限られていた。国全体が戦場と化した。ジハーディストとうさんくせえロシア人がおれたちに敵対して手を組み、たがが外れたみたいに大量の武器をメキシコへ流しはじめた。国は戒厳令を敷いた。はじめは徴兵制があったが、事態がいよいよ深刻になるとオーバー14部隊の設立が宣言された。原則として部隊へ志願するには親の許可が必要だったが、サンディエゴの大規模なクリスマス攻撃のあとで、サマーとおれは孤児になった。つまり、おれたちには州が任命した後見人とやらはついていたが、意思決定は百パーおれたち次第だったのだ。サマーははじめ耳を貸そうとしなかったが、ネットを見るとオーバー14部隊の募集広告がエンドレスに流れていて、ついに納得した。オーバー14部隊の兵士はちゃんとした給料をもらうし、マクドナルドでサマーがもらう給料の五倍はあったが、それが決め手じゃなかった。最後に徴兵検査場へおれを駆りたてたものは、広告に載っていたピトモンGOのスペシャル・シリーズだった。限定版ピトモンシリーズ、戦場にしか現れないメガCPのマスターピトモン。米軍は四十八時間しかそのピトモンを出現させず、戦場にいないとゲットするのは不可能。つまり、海軍兵士かロシア人コマンド戦闘員、おれたちの敵のいずれかじゃないと手に入らねえってわけだ。おれはサマーに言った。一年だけ契約して、毎月家に送金するよ。おれが帰ってくる頃にはおれたちは街で最強の、ひょっとするとこのくそ忌々しい国の中でさえ最強のコレクションを手にしてるかもしれないぜ。で、おれは正しかった。マジで正しかった。三大陸で六つのレアマスターピトモン。六つだ！　志願する前はユーチューブの動画の中でしかマスターピトモンなんて見たことなかったが、もしあと十週間生き延びられれば、家で待ってるサマーに王が凱旋するみたいに持って帰れるのだ。

しかしもし死ねば、すべてはベイカーへ行く。奴に、あのくそ野郎には受け取る資格がある。

部隊に戻ると、連中があたたかく迎えてくれる。海兵ボクちゃんがおれに抱きついてきて涙を流す。こいつのIDにはロビー・ラミレズって書いてあるが、みんなボクちゃんって呼んでる。十四歳六か月と書いてもあったが、十二歳かそこらに決まってる。あのチビ助はおれの胸にやっと届く背丈で、シャワールームで体毛が一本もねえのをみんな見てんだ。キンタマにも脇にもねえ。赤ちゃんみたいにツルッツル。ボクちゃんは、おれとチェチェン人の間にベイカーが飛び込んだ夜、現場に居合わせた。おれたちは二人で負傷したベイカーの体を船まで引きずっていった。軍医はおれも退避させたが、野戦病院でおれの怪我は見た目ほどひどくないってわかった。腹にいくらか榴散《りゅうさん》弾《だん》の破片をくらっただけで済んだ。「歩いてるのを見れてうれしいよ、エース！」とボクちゃんはおれに言って、涙を隠そうとする。晩飯のあとで二人でちょっとしたピトモンバトルをした——そして、百四十三回目のおれのフリザードンの勝利。「ベイカー軍曹から何か聞いたか？」と、ボクちゃんは基地のカフェテリアで、二人で赤いスラッシーを飲んで頭がキーンってなってるときに聞いてきた。「本部が君についての情報をアップデートしたんだけど、ベイカーについては一言も書いてないんだ」おれは病院で起こったことを全部話す。医者たちにほぼ打つ手はなくベイカーが死にかけたこと、ベイカーは二度と歩けないってことを。ボクちゃんにとってはショックがでかすぎたらしく、携帯を取り出すと自分のコレクションをおれに見せ始めた。「これ、わかる？」奴は巨大な木槌《きづち》のようなピトモンを指さす。「ベイカーと君がやられた夜に救命ボートの上で見つけたんだ。マスタータイプじゃないけど、一撃必殺の『うちつける』が使えるんだ。次のバトルで君のトカゲ野郎にこいつを送りこむ。ぶっ潰してカツレツにしてやるさ」ライフルジャケットを着用し、武器を持って練兵場に集合せよとの放送がかかる。向かう途中で部隊の新しい軍曹に今回はどの戦場へ行くのか聞き出そうとするが、そいつは死体のように黙ったままだった。このくそったれな世界でおれたちにはいたるところに敵がいるから、どこへ行こうとおかしくない。

十三時間後、おれたちはシナイ半島のアルカイダの基地を襲撃していた。アルカイダ伝説のナンバー2、通称「九つの命をもつ男」ジャミール・アル＝シュリラを消し去り、奴の抹殺はおれの手柄となる。任務完了後のミーティングでは、新しい軍曹はまるでどっかの女みてえにおれに関するあらゆる情報をみんなの前でさらけだして、おれがどんなふうに怪我から復帰して地獄へと直行し、武器に弾丸を押し込んでいた「九つの命をもつ男」まで距離一メートルだとわかったとき、冷静さを失わずライフル銃で奴の頭蓋骨を粉々にしてやったかをみんなに話す。新しい軍曹はみんなの前でおれに敬礼すると、おれが名誉勲章を受章するようにしてみせると言った。みんな張りつめた空気の中で起立していたが、新しい軍曹が去るやいなや、全員で洟《はな》ったれサミーに奇襲をかける。小隊の中で、意外にもサミーが史上最強とまで言わしめた伝説的ピトモンのヒラクーダを発見した。かの有名な「かえんじごく」と「むてきのこぶ」でサミーのラクダはおれのフリザードンを二秒で唐揚げにしちまうだろう。おれたちは誰かがレアピトモンをゲットするといつもオーバー14部隊でやるようにサミーにバケツに入った氷水と砂をぶっかけ、サミーは全身泥まみれになって声を詰まらせながらおれたちに感謝する。もし半年前、まだサミーがタスカルーサの腐りきった高校でトム・ソーヤとハックルベリー・フィンについて読書レポートを書いていたときに、いつかコレクションにヒラクーダが加わると言われたもんなら爆笑していただろうな。

夜、テントで寝袋に入ってからインスタグラムでサマーの写真を受信する。写真にはサマーが腹にM&Mのチョコを並べて描いた巨大な10の数字が写っている。毎週サマーはおれが除隊になるまでの週の数を、おれのお気に入りグッズを使って送ってくれる。スターウォーズのフィギュア、グミガムの菓子、ケチャップの袋。まだ起床まで四時間あって、眠る代わりにサマーとベイカーのことを考える。どっちか一人をしあわせにしてやれるまで、あと十週間ある。最長で十週間か、もしかしたらそれ以下かもしれない。

宛先：局長　知的生命体調査局

差出人：スペース・エージェント　セフィ

件名：脱出ゲーム――地球外生命体の存在証拠隠滅

知的生命体調査局長に敬意を表して

私が担当してきたオペレーション「脱出ゲーム」への訪問者の遺伝子を五か月のあいだ追跡し調査した結果、議論に上っていた人種との接触を断つことが決定されました。最終段階で「ワルシャヴスキ」と名乗る地球人に出会ったことが確実に局面を変えました。調査中に確認された上記の人間の脅迫を伴った攻撃性と傲慢さが確固とした証拠であり、添付資料で述べた通り、このような行動パターンがほかの生命体にも共通して見られた場合、彼らとの表立った接触は我々の惑星にホロコーストをもたらすでしょう。座標66：22：14（ローカルコード「グリーン・リション・レツィオン」）の地球外生命体が存在した証拠は隠滅済みのため、これより母なる惑星へと帰還の旅を開始します。

スペース・エージェント　太陽系担当　セフィ

はしご

神的洞察

見張りをしているあいだ、ラファエルは話をしようとツヴィを呼んだ。

「最近どうだ、ツヴィ、すべて順調か？」

「まあまあです」

「そりゃあよかった、正直、ちょっと心配になっておったんだ」

「なぜです？　わたしが何かまずいことでもしましたか？」

「とんでもない、ただ最近な……」

「昨日の朝は作業をしなかったのですが、許可はもらっていました」

「わかっておる、わかっておる。君の仕事ぶりについて誰も文句は言っておらん……」

「では、何についてです？　誰かと話したのですか、アムツィアですか？」

「誰とも話しとらん。話す必要はない、ただ観察しておるだけだ」

「何を観察してるんです？　ラファエル、言いたいことがあれば言ってください」

「イディッシュ語はできるかな、ツヴィ？　『フル・ピシュテル・ポネム』はわかるかね？　人間が小便を絞り出すときの表情という意味だ。すごくがんばっているけど、小便が出きらずに満足していないような表情だ」

「ということは、問題はわたしの表情ですか？」

「表情ではないよ、ツヴィ、表情の**裏側**にあるものだ。ここにいるわしらは、なんというか、しあわせなんだ。わしらが恵まれとるということもあるし——賛成してくれるね、ツヴィ、わしらは恵まれとるな？」

「それで？」

「選択肢があるからでもある。どっからどう見ても、ここに来た人間はみんな幸運だと感じる。幸運以上だ。恩恵を受けている、というのが正しいな。わしらは恩恵を受けておる。ここでわしらと一緒におって、向こうで不愉快な者たちと一緒におるわけでなく……どこを意味するかわかっとるな」

「わかります」とツヴィは言う。「わたしが過去に不満を言うのを聞いたことがありますか？」

「いや」とラファエルは言ってから、深呼吸する。「一度もない。だが君の笑い声だって一度も聞いたことがない。ここに来てからというもの、君の笑顔を見とらんのだよ」

「わかりました」ツヴィはその場で精一杯笑おうとした。「もっと笑ってほしいですか？」

ラファエルは真剣な面持ちになった。「いや。君に笑ってほしいわけじゃないんだ。君には常に、心の底から、しあわせになってほしいんだ。君にはしあわせになる素質がうんとあると神は知っておって……」

「神は死にました」とツヴィはさえぎった。

「知っておる」とラファエルは言い、下唇をかんだ。「しかし、わしらはまだここにおって、天国はまさに前と同じように機能しており、君は過去にあそこで働いていた一人として……どんな仕事をしとったんだっけな、ツヴィ？」

「戦傷通知官です」

「それは兵役で？」

「はい」

「医療のようなものかね？」

「いえ、わたしの任務は戦死者の家族へ通告することでした。ほら、ダンナさんや息子さんやご兄弟に」

「えらいこっちゃ。そんな任務があったとは知らなかった」

「どうやって知るというのですか。兵役の経験なんてないでしょう？」

「確かにな。では君は家族のもとに出向き、愛する者の死を知らせて、そのあと銀行の列に並んで住宅ローンを払い、死も怖くて……死は怖かったと思うが、違うかね？」

「怖かったです。そりゃあ怖かったですよ」

「で、どうだ。そういったことすべてが済んだ後でいま君はここにおる。君は天使で、借金もなく、列に並ぶ必要もなく、恐怖もない。ありがたいと思うはずなんだが」

「ありがたいと思っています」

「ほっとしておるはずなんだが」

「ほっとしています。いまこの瞬間ではないですが、つまり、おおむねは」

「しあわせなはずなんだが」

「そう努めていますよ、ほんとうにそうしようと努めているんです」

「で、なんだ？　朝起きたとき、しあわせを感じないのか？」

ツヴィは咳払いした。「感じます、感じます……ただ、ゆるんだしあわせというんでしょうか、洗濯しすぎた下着のゴムみたいな……」

「いやはや、ツヴィ、わしはすでにずいぶん長いことここにおるが、一度もそんな『ゆるんだしあわせ』なんて表現を聞いたことがないよ。わしに言わせれば、しあわせがゆるむなんてことはありえん……」

「ありえます、本当です。ゆるむし、色あせるし、消えていきます。何かを欲しくてたまらない感覚を知っていますか、でもただ欲しいだけではなくて、身体が震えるほどほしくて、それを叶えるチャンスは限りなく低いとわかっているような？　リビングに下着一枚で立っていて、全身汗びっしょりで、自分の唇と夢にまで見た女性の唇が触れる瞬間を、子どもが『パパは世界一』と言ってくれるのを、道路が大渋滞の車で埋まっているときに、自分のベランダの下だけに、**まさに**自分の家の建物の入り口だけに駐車スペースがあると想像する……そういう感覚を知っていますか？」

「いや」

「というわけです。わたしは知っていました。そして、それが恋しいのです」

「わしらは誰一人無理にここに引き止めたりはせんよ。ここにいるのが好きじゃないなら、すぐに移動させるという手だって……」

「地獄に行きたいわけではないんですよ。わかっているでしょう」

「わしの知る限り、選択肢は二つのみで、本当にここにいたいなら、天使はしあわせであるべきとの自覚が必要だ。天使は自己充足せねばならん。やすらぎ、という言葉がふさわしいかな。やすらぎを感じなきゃならん。どこに明記していなくても、職務内容に含まれておるからだ。いや、職務でなく本質だ。天使であるというのは職務ではなく、より本質的な……」

「雲を耕すことについては……」

「というと？」

「別の仕事をしている天使はいますか？」

「いや、しかし、雲を耕すのに興味がないなら確実に何か……」

「というのは以前、われらが母であるサラが身ごもる前に、ガブリエルが訪ねに降りたと話してくれて……」

「ガブリエルだけではなくて、ほかにも二人いた」

「それで思ったのですが、なんというか……雲を耕す代わりにそういうことはできないでしょうか？　その、人間を訪ねるのです。知らせを運ぶんです。すでにお話ししたように、わたしは戦傷通知官でした。極限状況における人間同士のコミュニケーションに経験豊富で、ときどき人間に会うことができれば、わたしにとってかなり有意義なはずです。わたしだけでなく、天国のシステム全体にも。控えめにいってもわたしの得意分野でして……」

「わしらはもう、そういったことはしておらん」

「しかし、ガブリエルは訪ねて行ったのはサラだけではないと言っていたし……」

「そのとおりだ。しかし、神がわしらのもとを去ってからはやめたんだ。地上に降りていって、人間と接触を持つという決定は、いつも神の予見する力からきておった。実のところそういった接触はいいことばかりじゃなく、マイナスに働くケースもあって、わしらのうち誰ひとり——わしも、ガブリエルも、ウリエルも——そういった決定に必要な、予見する力がない」

「予見する力がないですって？　でも、あなた方は天使であって……」

「補佐役の天使だ。わしらの任務は神に仕えることであって、決定を下すことではない」

「しかしあなた方はみんな……」

「純粋だが、天才ではない。しかしばかでもない、そうだろう？　なぜそういったことが君にとってそんなに大事なのか聞かせてくれるかね？　地上の世界が恋しいのか？」

「世界がではありません」とツヴィは哀しげな笑みを浮かべる。「人間がです」

「そういうことか」とラファエルは言い、同じ笑みを返す。「まったく、そんな話は前代未聞だなあ。現実に、ほら、人間はもうかなりその……なんというか……」

「その、なんです？」

「ほら……わかるだろう、彼らは……絶滅しかけていて……」

「しかし、わたしはここに着いたばかりなんです」

「どれくらい前に着いたかはっきりわかるか？」

「いえ」

「わしにもわからん。ここの時間はまったく違ったかたちで流れておる。天使も雲も年を取らない。君にとって時間が早く流れていると知ってうれしいよ、楽しんどるという証拠だからね。人間の時間にすると、どれくらい経ったのか誰にもわからん。百年？　千年？　百万年？　なんであれ、あんなにもぶれやすく脆《もろ》い人類が自分たちを滅ぼすには十分な時間だよ」

「まるで、何かを知っているように話しますね」

「何も知らないが、知らないことをわかった上で話しておる。神が死んでから人間はもはやわしらの関心事ではない」

「わかりました、それでは、わたしの理解が正しければ、選択肢は雲を耕すか、地獄へ行くかのどちらかなのですね？」とツヴィは言った。

「うむ、よく理解しておる」

「それなら、雲を耕しに戻ります」

汗

天使は失敗しない。失敗する可能性なんてほとんどない、煩悩や欲求から解きはなたれている純粋な魂である場合は。しかし、ツヴィはそれが自分に当てはまるとは思えなかった。できそこないの天使。おだやかな湖に浮かんで、渦や波を恋しがっている。ツヴィはどこか変わっていて、ほかの魂と分かち合えない何かがある。そんな問題はツヴィだけのもので、解決方法を見つけなければ、いずれ地獄に行きつくだろう。

地獄は、まるで明日などないように、死んではじめて罪の代償を支払わないといけないと気付くような魂で満ちていた。天国でさえしあわせになれなかったという理由で、雪のように清廉潔白《せいれんけっぱく》なまま地獄へたどり着く最初の存在にはなりたくなかった。どうにかして恋しさを止めないといけないとわかっていた。

天使は夢を見ない。夢を見るのにもっとも近いのは宙を見つめることである。まずツヴィが学ばなければならなかったのは、宙の見つめ方のコントロールだった。どのように抽象的な思考へ向けるか、どんな手を使ってでも、死に絶えた地上の世界と、いまの高貴な自分をくらべはじめるような、もどかしい状態にならないように。そしてもっと笑わないといけない。うそ笑いでなく。天使はふりなんてしてはいけない。ただ、自分の内側に笑いを見つけるのだ。

ラファエルと話してからずいぶん時が過ぎた。天国には時計がないので、実際にどれくらい時が経ったのかはわからなかったが、ずいぶんと経っていた。地上の世界へもう一度帰りたいという思いは消えなかったが、絶えず引きずるのはやめた。ツヴィは理想的な天使になれないとわかっていたが、努力し続ければ、いっぱしの天使に、これ以上誰かに心配をかけたり、迷惑をかけたりしない天使になれると信じていた。天使特有のツヴィの謙虚さをもってしても、すでに変化ははっきり目に見えていた。実際、数十人いる天使の中で、ラファエルはツヴィに作業道具の責任者を任せていた。それはラファエルなりの、正しき道をツヴィに示す術《すべ》のようだった。

作業道具の責任者として、ツヴィは他の天使が来る前に小屋に到着し、輝く手押し車に熊手を積んでから、その日に作業する予定の雲の区画まで運ばないといけなかった。小屋にはさらにいろんな作業道具があった。ハンマー、剪定《せんてい》ばさみ、きらめく屠殺用のナイフまであったが、必要なのは熊手だけである。一日の中でツヴィがもっとも好きな瞬間は仕事が終わったときであり、もっと言えば、その後に来る瞬間だった。ほかの天使たちみんなが、ツヴィが一度も経験したことのない、ゆるんだ至高のやすらぎへ深く潜っていく一方で、ツヴィはなつかしいメランコリーに浸ることなく、作業道具を回収して、小屋に戻すことに全エネルギーを注いだ。それはほんとうに、薬みたいに効いた。以前の自分についての思いや郷愁が一瞬でも頭をよぎるたび、すぐに小屋へと急ぎ、作業道具を片付けて並べ変えた。

ある不穏な夜に、ツヴィははしごを見つけた。それは理解の範疇を超えたはしごで、階段の機能と矛盾していた。狭い小屋に置くには十分短く、長さは十分に……正直いうと？　物理的な長さを測ることは一切できなかったが、もし測れと言われれば、無限の長さ、とツヴィは言わなければならなかった。はしごについてラファエルにたずねると、ラファエルは天使的な忍耐力で、微に入り細にわたって、まるでツヴィが一度も聖書を開いたことのない一般人か、監禁された赤ん坊のように、ヤコブの夢の話を語り始めた。ラファエルはツヴィが話にのめり込んでいる様子を見て、その夜ヤコブと格闘した天使を紹介して、その場に居合わせた当事者の視点からツヴィに話をしてくれないかと頼んでくれさえした。天使は話してくれた。天使はツヴィに、あれが地上の世界に降りていった最初で最後で、本当につらかったのは人間の身体のにおいだったと話した。ヤコブは、とにかく天使と比べれば身体がとても弱かったが、天使はそれを隠して、がむしゃらにヤコブを負かそうとしているふりをしないといけなかった。かたや、ヤコブはがんばってがんばって、滝のような大汗を掻《か》き、その汗のにおいがものすごくきつかったので、天使は危うく失神しかけるところだった。しかし、天使は忠実に任務を遂行して、その夜天国に帰ると、当時まだ生きていた神に最初にお願いしたのは、もう地上の被造物にかかわるプロジェクトに参加させないでほしいということだった。天使が話し終えたとき、この話に倫理的教訓はないというふうに、おもむろに両手を上げると、ツヴィのとなりに座って話を聞いていたラファエルは思わず吹き出した。「それは言えとる」とラファエルはツヴィに言った。「わしもあのにおいが、一番苦手だったんだ」

洗濯物のにおい

その夜、ツヴィは雲の上で丸まって横になりながら、天国に来てからはじめて夢を見た。ここに到着してすぐ、ラファエルは、天使が宙を見つめているとごくたまに夢に変わることがあるが、そこに話の筋やイメージや時間は一切なく、色があるだけだと説明した。しかし、その夜ツヴィが見た夢はちょっと違っていた。夢でツヴィが雲を耕していると、熊手が固いものにあたった。手を使って雲を掘ると、金属の箱がでてきた。箱には、地上でウェイターがコーヒーと一緒に出すようなバター菓子のイラストが描いてあったが、箱を開けると中にものすごく小さな毛深い男がいて、男は何か言う代わりに、凄まじい怒りでツヴィに襲いかかってきた。男はちっぽけで脅威にすらならなかったので、ツヴィは自分に襲いかかってくるそのずうずうしさや度胸を、男がどこに秘めていたのかわからなかった。はじめ、ツヴィは二本指で男のシャツをそっとおさえながら身を守り、上に乗っている小男を遠ざけようとしたが、男は引き下がらなかった。小男はツヴィを蹴っ飛ばし、嚙《か》みつき、唾《つば》を吐きかけ、ボロクソに言ってきて、ツヴィは夢の中で、この男は自分を殺すまで止めない、これは生きるか死ぬかの闘いだと理解した。ツヴィは指で男を握りつぶし、粉々にし、八つ裂きにしようとした——が、うまくいかなかった。ちっぽけで毛深い男はダイアモンドより硬くて、いったい何からできているのかわからなかった。夢から覚めると、ツヴィの額にしずくが一滴ついていて、舌先でなめると、塩の味がした。

ツヴィは立ち上がった。もう一瞬たりとも待つことなく、暗闇の中、小屋まで歩いて行って、はしごを手に取ると雲のすみっこにひっかけた。はしごには無限の階段があり、一段ずつ降りるたび、地上で自分を待っているものを鼻で想像しようとした。汗のにおい、洗濯物のにおい、朽ちた丸太のにおい。たぶん、あまりにも長くオーブンに置き忘れられていたお菓子の甘く、焦げたにおい。何かの、におい。

ホロコースト記念館《ヤド・ヴァシェム》

ナチズム台頭以前のヨーロッパのユダヤ人に関する展示と、水晶の夜《クリスタル・ナハト》に関する展示の間に、透明なガラスの仕切りがあった。仕切りには、シンプルで象徴的な意味が込められていた——ユダヤ人に対する略奪や破壊の夜以前と以降のヨーロッパは、無垢な目には同じヨーロッパに見えるが、そのじつ完全に異なる二つの世界なのだと。

　息を切らしたガイドの数歩先をさっさと歩いていたユージンは、ガラスの仕切りに気付いていなかった。仕切りにぶつかって、面食らったし、痛かった。ユージンの鼻からポタポタと血が垂れ出した。レイチェルは具合が悪そうだからホテルに戻りましょうと小声で言ったが、ユージンはティッシュの切れはしを丸めて鼻に突っ込むと、こんなの大したことない、先に進もうと言った。「氷を当てないと腫《は》れちゃうわよ」とレイチェルはもう一度言ってから、「戻りましょうよ、あなたそんなに……」と言いかけてやめ、深呼吸した。「あなたの鼻だもの。先に進みたいのね？　じゃ、行きましょう」

ユージンとレイチェルは人種差別法のコーナーの横にいたグループにくっついていった。重い南アフリカ訛《なま》りのガイドの話を聞きながら、ユージンは頭のなかでレイチェルが言いかけたセリフを完成させようとした。「そんなに大げさに騒がなくたっていいのよ、ユージン。疲れちゃうじゃない」もしくは、「そんなにわたしのためにがんばらなくたっていいのよ、ユージン。そのままでも愛してるんだから」それかただ、「そんなに氷を当てる必要なんてないけど、よく効くと思うわよ」

レイチェルは、そのうちどれを言おうとしたのだろう？

イスラエル行きの航空券二枚でレイチェルにサプライズをしようと決めたとき、いろんな思いがユージンの頭をよぎった。ユージンは考えた。地中海。ユージンは考えた。砂漠。ユージンは考えた。レイチェルがもう一度笑ってくれる。ユージンは考えた。ホテルのスイートルームで、大きな窓越しに、エルサレムの壁の向こうに夕陽が沈んでいくのを眺めつつ、愛を確かめあう。そんな尽きない考えの中には、鼻血や、いつものようにレイチェルが何か言いかけてやめて気を揉《も》まされるなんて、これっぽっちもなかった。もしいまどこか別の場所にいたら、自己憐憫《れんびん》に陥ることだってできただろうが、ここではふさわしくない。

南アフリカ系のガイドが、銃で脅されながら雪の中、衣服を脱ぐユダヤ人の写真を示した。そこの気温は、とガイドが言う。マイナス十五度でした。この写真が撮られたあとすぐ、全員が——女性も年寄りも子どもも——地面の穴へ強制的に入れられ、射殺されました。そう言い終えると、ガイドはうつろな目でユージンをしばし見つめて黙った。なんで俺を見つめるんだろう。パッと思いついたのは、グループの中で自分だけユダヤ人ではないからという理由だったが、すぐにまったく根拠がないと気がついた。「シャツに血がついていますよ」と、ガイドはそっけない声でユージンに言った。ユージンはライトブルーのシャツにちょっとついた染みを見て、裸の老夫婦の写真にもう一度目をやった。写真の女性はわずかに残る尊厳を守るように右手で局部を隠し、夫は大きい手で妻の左手を握っていた。もしある日、アッパー・ウエストサイドの居心地のいいマンションを追い出され、近くの公園まで連れて行かれて、服を脱いで穴の中に入れと言われたら、俺とレイチェルはどうふるまっただろう？　俺たちも手を握りあって人生を終わらせただろうか？「ご主人、血が」と、ガイドの声が思考の流れを断ち切った。「まだ出てますよ」ユージンはトイレットペーパーの切れはしを鼻の奥まで突っ込んで、無理矢理笑おうとした。

それは、アウシュビッツに割り当てられている展示スペースの、頭を剃《そ》った女性六人の大きな写真の横で始まった。実際には、四週間前に婦人科医に向かって訴えてやると脅したときに始まっていた。ふたりは年寄りの医者がやっているクリニックにいて、ユージンの半ば脅しに近いひとり芝居の最中に、「ユージン、あなた怒鳴ってるわよ」とレイチェルが言った。レイチェルのまなざしは、無関心で冷淡だった。ユージンの知らないまなざし。受付係がノックもしないで診察室に入ってきて、医者に大丈夫ですかと聞いたから、たしかに大声でしゃべっていたようだった。それがきっかけとなって――丸坊主の女性たちの写真の横で事態は悪化していった。ガイドが、強制収容所において妊娠は死を意味したので、アウシュヴィッツ強制収容所に収監された女性は妊娠しているとわかると、お腹が目立ちだす前に赤ん坊を堕《お》ろす必要があったと話した。ガイドの説明中にレイチェルはガイドに背を向けて、グループから離れていった。ガイドが遠ざかるレイチェルから視線をユージンに移すと、ユージンはとっさに「すみません。赤ん坊を失くしたばかりなもので」と言ってしまった。ガイドが聞きとれるくらいの大きさで、レイチェルが聞きとれないくらい小声で。

レイチェルはグループからさらに遠ざかっていったが、しゃべっているユージンの距離からでも、レイチェルの背中の震えがわかった。

訪問中にもっとも胸を打たれたところは「子ども館」だった。暗い空洞になった天井に無数の小さな灯《あか》りがともされ、すべてを覆い尽くす暗闇を、上出来とは言い難いが、克服しようとしていた。ホロコーストで死んでいった子どもたちの名前がバックに流れていた。ガイドは、実に多くの子どもがホロコーストで死んだので、すべての名前をあげるのには一年以上かかると話した。グループはホールをあとにし始めたが、レイチェルはその場にとどまった。ユージンはレイチェルの横に突ったったまま、淡々と読み上げられる名前を聞いていた。ユージンはコートの上からレイチェルの背中を撫《な》でた。反応はなかった。ユージンは、「ごめん。みんながいる前であんなこと言うべきじゃなかった。ふたりだけのプライベートなことなのに」と言った。「ユージン」と、ほのかな灯りを見上げたままレイチェルは言った。「わたしたち、赤ん坊を亡くしたわけじゃないのよ。わたし、堕ろしたの。それって別のことだわ」「ひどい勘違いだよ」とユージンは言った。「君はこころの調子が悪くて、俺は君を支える代わりに仕事にのめりこんだ。君をひとりで放置したんだ」レイチェルはユージンを見た。目は泣いているようだったが、涙はなかった。「こころの状態はとってもよかったのよ」と、レイチェルは言った。「わたしが堕ろしたのは、あなたの子どもが欲しくなかったからなの」「ショシャナ・カウフマン」という名前がバックに流れた。何年も前にユージンが小学校に通っていたとき、ショシャナ・カウフマンという哀しげな少女を知っていた。同じ少女ではないとわかっていたが、雪の中で少女が死んで横たわっている映像が一瞬目の前によみがえってくる。「まさか本心から言ってるわけじゃないだろ」と、ユージンはレイチェルに言った。「君は怒っているから、つらいから、鬱《うつ》に苦しんでいるから、そんなことを言うんだ。俺たちの関係は難しい時期にあるし、それは事実で、多くは俺のせいで、だけど……」「わたし、鬱に苦しんでなんかないのよ、ユージン」と、彼の言葉をレイチェルは遮った。「ただ、あなたといても幸せじゃないってだけなの」

ユージンは黙り込んだ。ホロコーストで死んだ子どもたちの名前をもういくつか聞いてから、レイチェルはタバコを吸いに外に出ると言った。かなり暗かったので、そこにいる一人ひとりが見分けにくく、ホールの天井を首をそらせて見つめる眼鏡の日本人女性の他には誰ひとり見えなかった。レイチェルの妊娠と中絶は同時に聞かされた。ユージンは怒った。一緒に赤ん坊のことを想像する隙も、レイチェルのやわらかい腹に耳をあてる機会も与えられなかったことに。あまりに激しい怒りだったから、自分でも怖くなったのを覚えている。レイチェルにひどいことをするのではないか、と。そのときレイチェルは、ユージンが泣くのを初めて見たと言った。

あと数分「子ども館」に残っていたら、ふたたびユージンが泣くのを見れただろう。ユージンは首筋にあたたかい手が触れるのを感じ、顔をあげるとすぐそばに年配の日本人女性が立っているのが見えた。暗がりと厚い眼鏡のレンズにもかかわらず、ユージンは彼女もまた、泣いているとわかった。「恐ろしいですね」日本人女性は強い外国訛りの英語でユージンに言った。「人間が互いにこんなことするなんて、本当に恐ろしいです」

毎日が誕生日

昔、金持ちの男がいた。とても金持ちだった。金持ちすぎると言う人もいるだろう。男は何年も前に発明をした。あるいは発明を他人から横取りした。相当前のことなので、本人も覚えてない。しかし、発明は莫大な金で巨大複合企業に売却された。男は受け取った全額を土地と水に投資した。購入した土地にコンクリートのちっぽけな家を大量に建てて、壁と屋根を切望している人びとに売り、水はビンに詰めて喉《のど》が渇いている人たちに売った。すべてを法外な値段で売り払うと、稼いだ金で何をしようか壮麗な屋敷で考えた。もちろん、人生をどうするかという、負けず劣らず興味深い問いについて考えてもよかったが、金がありあまっている人間というものは忙し過ぎて、たいていその暇が見つからない。

金持ちの男は巨大な屋敷に腰を下ろし、少額で購入したのち高値で売れるものについて考え、それからほかのこと、単純に自分が喜べるものについても考えた。男は孤独で、しあわせにしてくれるものが必要だった。男が孤独なのは感じが悪かったからではない。たいそう感じのいい人間だったし、非常にみんなから慕われていて、多くの人びとが男に近づきたがった。しかし、男は繊細で疑い深かったので、人びとは金目当てで近づいてくると思っていた。そんなわけで、男はみんなから距離を置くことにした。

実際、男は正しかった。ひとりをのぞいて、まわりにいる全員が金目当てで男に近づこうとしていた。みんな自分には十分な金がない、もしくはそう思い込んでいて、と同時に男には金がありすぎると思っていた。ひとりをのぞいて全員が、ちょっとばかり男が金をくれたとしても本人にとってははした金だろうし、金さえもらえれば自分の人生はなにからなにまで変わると信じていた。ひとりをのぞいて全員が。そして、金持ちの男の金と、金がもたらす未来に一切関心がなかったただひとりは自殺した。

金持ちの男は自宅のリビングの白い大理石の床に寝そべって自分を哀れんだ。すがすがしい春の日で、冷たい大理石の床で身体がひんやりしたが、自己憐憫《れんびん》に浸る妨げにはならなかった。男は考えた。「この世界にはなにかおれが欲しいと思うもの、おれをしあわせにしてくれるものがあるはずだ。ほかの人間が手に入れようと人生すべてを捧げたあとで、おれは努力なしに買うだけ、みたいなものが」しかし、頭にはなんにも浮かんでこなかった。

男はそんなふうに丸四日というもの、冷たい床に寝そべっていた。すると、携帯が鳴った。相手は男の誕生日を祝おうと電話をかけてきた母親だった。母親はだいぶ年をとって脳の記憶細胞がめっきり減少していたので、近い親戚の名前と大事な日をいくつかしか記憶できなかった。母親の声を聞いて金持ちの男はしあわせになり、話し終わる前に玄関のベルが鳴ると、香りのいい花束と誕生日カードを手にしたヘルメット姿のバイク配達人が立っていた。花束の送り主はかなり感じの悪い男だったが、花束の感じはよくて、男をもっとしあわせにした。しあわせな気持ちが男の起業家マインドを発動した。誕生日がこれほどしあわせな気分にしてくれるなら、一年に一度で済ましていいだろうか？

男は新聞に誕生日を買い取るとうたった全面広告を打つことにした。実際には買えない誕生日自体ではなく、プレゼントやお祝いの言葉、誕生日会などの誕生日に付随する権利を購入することにした。広告への反応は最高だった。当時は経済不況だったためか、みんな自分の誕生日についてさほど気を配ってなかったせいか——理由はともかく、男は一週間もしないうちにほぼ埋めつくされたスケジュール表とにらめっこし、毎日べつの誕生日を迎えることになった。

誕生日の売り手はたいてい正直だった。ぶちゅっとしたキス数回分と、孫からもらった花畑のひどい絵をひそかにとっておこうとした老人をのぞけば、金持ちの男が脅したり訴えたりする必要もなく、売り手はみんな契約どおりに誕生日の特典を送ってきた。

そんなわけで、金持ちの男は日がな一日しあわせを願う心のこもった電話をわんさかもらい、ありとあらゆる見知らぬ子どもやおばあさんから「ハッピー・バースデー」の歌を歌ってもらった。Eメールの受信ボックスも祝福のメッセージでいっぱいで、プレゼントの箱がひっきりなしに届いた。スケジュール表は二月にまだ空きがあったが、従業員はエクセルとタブレットを延々と男に見せ続け、開いている日程が埋まるのも時間の問題だと説明した。

金持ちの男はしあわせだった。新聞にどこぞの慈善家が誕生日の購入に反対し、反倫理的だと批判するコラムが掲載されたが、それすら男のすばらしい気分を削《そ》ぎはしなかった。同じ日、男は十八歳の女の子の誕生日を祝ってもらうことになり、女の子の友人からあの手この手の心のこもった祝福が殺到して、いまだ可能性に満ちている素敵な未来が待っているという予感がした。

しかし、すばらしい時は三月一日におわりを告げる。その日、怒りっぽい男やもめの誕生日の権利を所有していたが、朝起きると誕生日カードも心のこもった電話も一切ないことに気がつき、少しだまされた感じがした。男はアイディアマンとして肩を落とすことなく、スケジュール表を埋める別の社会活動をしようと決めた。もう一度スケジュール表に目をやると、ちょうどその日はただひとり、男からなにも欲しがらなかった男が自殺した日だとわかったので、墓場まで出かけて行くことにした。死んだ友人の墓に到着すると、法事にいまだ多くの人びとがやって来るのを目撃した。人びとは泣いて、墓の上に赤い花を置いた。互いに抱き合い、自分たちの人生にぽっかりと穴をあけた故人の死を際限なく嘆いた。

金持ちの男は考えた。これはひょっとしたらひょっとするぞ。死者はもうこの降り注ぐ愛をまるごと楽しむことはできないが、おれにはできる。もしかして、法事の日をみんなから買い取れるんじゃないか？　つまり、死者本人からではなく、相続人から。墓の上にマジックミラーをかぶせたベッドを置き、中で横になり、みんなが自分を偲んで泣くようすを見ることができる。

アイディアはおもしろかったが、実現にはいたらなかった。金持ちの男は翌朝死に、男が最近いろいろ味わったハッピーなイベントのように、男の死も他人向けのイベントになった。遺体は、挫折した革命家から購入した誕生日に届いたプレゼントの包みの側で発見された。もっとあとになって、プレゼントのひとつは非道な独裁政権から送られたもので、偽装爆弾が仕掛けられていたと判明した。

金持ちの男の葬式には何千もの人びとが参列した。参列者はみんな金をほしがっていたが、それとはまったくべつに、男をこよなく愛してもいた。弔辞は何時間にもわたり、人びとは哀悼の歌を歌い、開いたままの墓の上に小石を置いた。あまりにも感動的だったので、男の相続人から葬儀の権利を買い取った中国人の若き億万長者が、その様子を墓底のガラス造りの個室から眺めて涙したほどだった。

アレルギー

実を言うと、犬はぼくのアイディアだった。婦人科からの帰り道。ラケフェットは泣いていて、意外にも親切だったタクシー運転手はエベン・グヴィロール通りがデモで封鎖されていたので、アルロゾロフ通りの角で降ろしてくれた。ぼくたちは家まで歩いた。通りは混みあってじめじめしており、周りの人びとは拡声器で叫んでいた。財務大臣の顔写真がついた巨大なかかしが安全地帯に固定されていて、周囲に札束が積まれており、側を通りかかったちょうどそのとき、一人が札に火を点《つ》けて、かかしが燃え出した。

「養子はとりたくないわ」と、ラケフェットは言った。「実子でも育てるのは大変なのに。他人の子どもは欲しくない」まわりはみんな叫んでいたがラケフェットはぼくをじっと見つめて、返事を待っていた。なんて言っていいかわからず、これといった意見もなく、たとえあっても言うにふさわしい時ではなかった。だけど、彼女がむしゃくしゃしているのはわかった。「明日、犬を買いに行こうか？」あげくの果てに、とりあえずなんでもいいから言ってみた。

かかしの焚《た》き火《び》は真っ赤な炎を上げて燃えていて、上空では警察かテレビ局とみられるヘリが旋回していた。

「買うんじゃなくて」と、ラケフェットはヘリの騒音にかき消されないように声を上げた。「引き取るのよ。家を必要としている捨て犬がたくさんいるんだもの」

というわけで、エレズがやってきた。

ぼくたちはエレズをシェルターから引き取った。子犬ではないが、まだ成長しきっていなかった。シェルターの担当者はエレズは虐待を受けた過去があり、引き取り手もいないと言った。美しく血統のいい犬に見えたので、ぼくはただちにその理由をはっきりさせようとしたが、ラケフェットは全然気にしなかった。近づいて撫《な》でようとすると、ぼくたちが暴力をふるうのではないかとビクッとし、家へ帰るまでずっとブルブル震えて、奇妙ななり声をあげていた。

しかし、エレズはあっというまにぼくたちになついた。エレズはぼくたちが好きでたまらず、一方が出かけるたびに鳴きまくって、二人いっぺんに外出となると狂ったように吠えて扉をひっかいた。はじめはエレズが落ち着くまで下で待つことにしたが、大人しくならず、何度か試してから、単純にエレズを一人きりにしないようにした。どのみちラケフェットは在宅勤務だったから、それほどややこしい話ではなかったのだ。

エレズはぼくたちを好きなくらい――ほかの人間を嫌い、とくに子どもを嫌った。エレズが一階の住人の娘に噛《か》みついてからは、リードと口輪をつけて散歩することにしたが、住人はそれでは満足せず、これは一大事だと言い張った。彼が市役所に手紙を書き、ぼくたちが犬を飼ったと知らなかった大家に連絡すると、一週間も経たずに、早急に立ち退くようにとの手紙を弁護士から受け取った。

エレズを連れて入居できるようなほかのマンションは同じ地域で見つけにくかったので、少し南寄りに引っ越した。ヨナ・ハナビ通りにある大きいが、やけに薄暗いマンションに決めた。エレズには意外としっくりきた。どのみちエレズは光が苦手だったし、今度のマンションはもっと走りまわれる広さがあった。ラケフェットとぼくがソファに座って話すかテレビを見ていると、エレズがまわりをぐるぐる何時間も疲れ知らずに駆け回るのがおかしかった。「もしエレズがぼくたちの子どもだったら、落ち着かせるためにとっくにリタリンをやってただろうね」と、あるとき冗談で言うと、ラケフェットはすっかり深刻になって、エレズがぼくたちの子どもでもリタリンはやれない、なぜってリタリンは子どもにつき合うエネルギーのない怠けた両親向けに開発され、子どものためではないからと答えた。

そうこうしているうちに、エレズは全身に赤みがかった発疹《ほっしん》のようなものが出る、変わったアレルギーを発症し、見た目がかなり恐ろしくなった。獣医はドッグフードのアレルギーだろうと言い、加工食品の代わりに新鮮な肉を与えてみてはどうかとアドバイスをくれた。ぼくがテルアビブへのミサイル攻撃に関係している可能性はあるかと聞くと——実際に爆音をものともしないエレズが、警報には怯えきっていたから——獣医は一切関係ないと言って、新鮮な肉を試すよう念を押した。ただし、鶏肉は効かないから牛肉だけと。

エレズは精肉店の牛肉が好きで、発疹は消えた。家を訪れる客に対していっそう暴力的にもなり、スーパーの配達人を襲ってからは、ぼくたちは客を招くのをやめた。配達人の件では、かなり運がよかった。エレズは配達人に激しく噛みつき、ふくらはぎの筋肉を思いきり断裂させたが、彼は不法滞在のエリトリア人難民だったために病院に行きたがらず、ラケフェットが傷口を消毒して包帯を巻いたあと、ぼくが二百シェケル札で千シェケル分を渡して謝ると、無理にニコッとしながら英語で「たぶん大丈夫です」と言って、足を引きずりながら出ていった。

三か月後、発疹が再発した。獣医は身体が新しい食事に慣れたようなので、変えないとだめだと言った。豚肉を与えてみたが、エレズは消化できなかった。獣医はラクダの肉を試しなさいと言って、販売しているベドウィンの連絡先も教えてくれた。そのベドウィンはあやしかった。保健省からの許可証を持っておらず、毎回南地区の別の交差点で会う約束を取りつけ、つねに現金払いでと言い張った。エレズはラクダ肉の匂いがたいそう好きで、台所で調理していると、鍋の前に立っておねだりして吠えた。その吠え方ときたらすごく人間ぽくって、母親が木に登った子どもに降りてきなさいと説得しているようにも聞こえた。ぼくたちはそれに大ウケした。

エレズを何度か中庭に下ろしていたのだが、あるとき、エレズが二階のロシア人の年寄りを襲った。口輪をしていたから嚙みつきはしなかったが、飛びかかって背中から地面に押し倒した。年寄りは頭を強く打って病院に運ばれた。救急車が到着した時点で年寄りに意識はなく、ラケフェットは救急隊員に、年寄りはつまずいたと言ったが、意識が戻ったらまたマンションを引っ越さなくちゃいけないとわかっていたので、ぼくたちは落ち込んでしまった。実際、落ち込んだのはぼくで、ラケフェットはエレズが連れていかれて、安楽死させられるのを心配していた。エレズは良犬だがまわりの人に危険を及ぼすからもはや手に負えない、連れていかれるのはしょうがないのかもしれないと言うと、ラケフェットは泣き出し、かなり強情になってぼくに触らせようとしなかった。ラケフェットは、ぼくがそんなことを言うのはエレズの食事が大変で、家に客を呼べず、エレズを置いて外出できないといった困難に加え、犬を厄介払いしたいと思っているからだし、ぼくのことをもっと芯が強くて自己中心的でないと信じていたので、すごくがっかりしたと言った。

ラケフェットはその会話のあと何週間かぼくと寝ようとせず、必要最低限しか口を利かなかった。ぼくは自己中心性とはなんの関係もないと説明しようとした。もし解決法があれば喜んでそういった困難と共に生きていくが、エレズはあまりにも強くて凶暴な犬であり、どんなに見張っていようと人を襲い続けるから、それも踏まえて考えないといけないと。ラケフェットは、ぼくたちの子どもが攻撃的でも安楽死させるのか聞いた。エレズは犬であって人間の子どもではない、それを受け入れないとだめだ、とぼくは言ったが――火に油を注いだだけだった。ラケフェットが寝室で泣いていると、エレズが側に寄っていって一緒に鳴きはじめ、ぼくはそれに耐えきれずにただ謝った。いかんせん、助けにならなかったのだが。

一か月後、ロシア人の息子が質問をしにやって来た。彼の父親は病院で死んだ。頭を打ったからでなく、細菌に感染したせいだ。そのロシア人は国民保険に請求するために正確になにが起きたのか、詳しく聞いてきた。父親の身体に動物による深いひっかき傷が見つかったが、救急隊の報告にはつまずいたとしか書いてなかったので、ぼくたちが話してないことがまだあるか知りたがった。ぼくたちは息子を部屋に通さなかったが、階段の踊り場で話しているときにエレズが吠え出したので、息子は犬のことを尋ねて、もっと近くでエレズを見たいと言った。中には通せない、あれは来たばっかりの犬で、お宅のお父様が倒れたかなりあと、つい一週間前に引き取ったとぼくたちは言ったが、彼はエレズをとにかく見たいとしつこくて、無理だと言い張ると、警察を連れて来ると脅してきた。

ぼくたちは夜のうちに荷物をまとめて、何日かだけモシャブに住んでいるラケフェットの両親のもとに身を寄せた。ぼくは不動産屋を少し回って、フロレンティンにあるマンションを見つけた。狭くて騒がしいマンションだったが、オーナーは犬に寛容だった。そうこうしているうちに、ぼくとラケフェットはまた寝るようになった。ラケフェットはまだちょっと冷たかったが、ロシア人の息子とのいざこざは二人の距離をまた近づけてくれた。

それからエレズの発疹が再発した。

前の獣医は軍隊の予備役の少佐で、報復作戦中にシリアで戦死したと判明したので相談できず、新しい獣医を探すのは、エレズを安楽死させるのではないかとラケフェットが恐れて承知しなかった。ラクダ肉の代わりに魚を与えてみてもエレズは触れようとせず、なにも食べなくなってから二日目に、ほかの肉を見つけないと死んでしまうとラケフェットが言った。

ぼくたちはプラスチックボウルに牛乳を満たし、ラケフェットはずっと前ニューヨークへハネムーンに行ったときに母親からもらった睡眠薬を砕いて入れ、ボウルを庭に置いてから様子を見るために二人でベランダへ上がった。猫が何匹かボウルに近寄ってミルクの匂いを嗅いだが、茶色い痩《や》せ猫一匹以外、口をつけようとする猫はいなかった。ラケフェットは痩せ猫を見失わないよう、下に降りて後をつけてとぼくに言ったが、痩せ猫はどこにもいかずに、牛乳が入ったボウルの側でただ横たわって動かなくなった。下に降りて猫に近寄ると、猫はこれ以上ないくらい人間的な目でぼくを見つめて、その眼差しは哀しげだが、まるでこれからなにが起きるか正確に知っていて、この世界はクソだとわかりきっているから受け入れるとでも言いたげだった。猫がすっかり眠りこむとぼくは腕に抱えたが、ラケフェットとエレズのもとへは連れて行かなかった。腕の中で息をしてるのを感じてしまって、できなかった。ぼくは階段に座りこんで泣き出した。何分か経つと肩に手が触れた。それはラケフェットで、近寄ってくる音さえ聞こえなかった。「逃がしてあげて」とラケフェットは言った。「猫をここに置いて、家に戻りましょう。なにか別のものを探せばいいわ」

ぼくたちはハト肉を試そうと決めた。家からすぐのワシントン通りに、近所の年寄りたちが四六時中えさをあげている、おびただしい数の肥えたハトがいた。ぼくたちはインターネットでハトを捕まえる方法を検索した。いろいろ見つけたが、どれもかなり複雑だった。結局、ぼくは旧中央駅のミリタリーショップで、金属球を打てるプロ用のぱちんこを買った。コントロールを習得するのに少々時間を要したが、一週間も経たずにぼくは相当な腕のスナイパーになった。

ハトを一羽食べるとエレズの反応はとてもよく、ラケフェットとぼくはワインを二本開けて、ずいぶん長いことご無沙汰だったみたいな、とてもしあわせなセックスをした。ぼくたちは一緒にいて、心の底からしあわせだった。一体感のある、完璧な幸福を手にしたと感じていた。

ラケフェットは通りに人がいない、夜明けの時間帯にハトを獲るのが一番簡単だし、よけいな質問を避けられると言った。それから週二回、ぼくは四時半にアラームをセットし、まだ通り全体が寝静まっている時間に外に出ると、パン粉をまいて茂みに隠れた。目が覚めるぐらい寒いが凍《こご》えるほどじゃない、早朝の心地よい寒さがやみつきになった。茂みの中に横たわり、イヤフォンをして、携帯で音楽を聞く。真に上質な時間。完全に一人っきり。まわりに誰もおらず、自分の考えに耽って静かに音楽を流し、ときおりハトが視界に入ってくるだけ。最初は一回につき二、三羽しか獲らなかったが、今はもっと獲っている。妻の待つ家まで原始人みたいに獲物を持ち帰るのは楽しい。

ラケフェットは、インターネットで目を見張るようなフランス料理かなにかのレシピを見つけると、中に米を詰めたハトのワイン煮込みを作ってくれた。それが世界一おいしいのだ。エレズは夢中でぼくたちと同じ食事をしている。ときおり冗談で、ラケフェットがハトを料理しているあいだ、台所の床にぼくはエレズと隣り合って座る。

「もう、立ってよ」と、毎回ラケフェットは笑う。「立ってったら。犬と結婚したんだって勘ちがいしちゃうわよ」

だけど、ぼくはそれに応える代わりに床に座ったまま鳴き続け、エレズが心配そうに近寄ってきて、愛情たっぷりにぼくの顔を舐《な》めるまでやめないのである。

かび

痩《や》せた男がカフェの床に倒れた。腹の痛みは尋常じゃなく、制御不能な痙攣《けいれん》が立て続けに全身を襲った。死ぬってこういうことかと痩せた男は考えた。しかしこれが終わりでいいわけはない。死ぬには若すぎるし。半ズボンにクロックスのつっかけサンダルで、かつては流行ってたが、今は経営難に陥っているカフェの床で死ぬなんてダサすぎる。痩せた男は助けを呼ぼうと口を開いたが、肺に十分な空気がなかった。でも、これは彼の話ではない。

痩せた男に近寄ったウェイトレスはガリヤといった。ガリヤは自分がウェイトレスになるなんて考えたことがなかった。幼い子どもたちのために働くのがずっと夢だった。だけど子ども相手の仕事は金にならず、ウェイトレスは金になる。めちゃくちゃ稼げるってわけじゃないけど、アパートの家賃を払ってまだちょっと残るくらいは。その年、ガリヤはベイトベレルカレッジで特殊教育を勉強しはじめ、夜はカフェで働いた。夜は犬も入ってこないし、稼ぎは日中の半分になるが、勉強は彼女にとって大事だった。「大丈夫ですか?」とガリヤは床にいる男に聞いた。大丈夫じゃないとわかっていたが、とりあえず。でも、これは彼女の話でもない。

「死ぬ」と痩せた男はガリヤにいう。「死んじゃう、救急車を呼んでくれ」

「無駄だよ」とバーに座って経済紙「ザ・メイカー」を読んでいた褐色の毛深い男がガリヤに言い放つ。「到着までに一時間はかかるぜ。経済制裁のせいで今日は休日のスケジュールで動いているんだ」そう言いながら男は立ち上がると、痩せた男を背負った。「俺がERに連れて行く」と男は言う。「車をすぐそこに停めてあるんだ」男がそうするのは、彼が善い人間であり、ウェイトレスにそう見られたかったからだ。男は離婚したてで、ウェイトレスのそっけない感じに惹《ひ》かれた。少なくとも十歳は彼女より年上だろうが、まだ二人が一緒になる夢はみられる。でも、これは彼の話でもない。

イヒロブ病院までの道はずっと渋滞だった。後部座席で横になった痩せた男は今にも消え入りそうなうめき声をあげ、毛深い男の新車のアルファスポーツのシートによだれを垂らした。男は離婚したとき、友人から三菱のファミリーカーからなにか別の、独身向けの車に替えた方がいいと言われた。若い女性は車から運転している人物のことをいろいろ学ぶ。三菱は、「ぼろぼろになったバツイチが、前のアバズレの座をうばうクソ女を探している」という意味になる。かたや、アルファスポーツは「クールで気の若い男が冒険を求めている」みたいに見える。でもまあ、後部座席で身体をよじっているこの痩せた男は冒険みたいなもんだ。今まさに、俺は救急車っぽいぜと毛深い男は考える。サイレンはないが、他の車が道をゆずるようにクラクションは鳴らせる。映画さながらに交差点を赤信号で突っ切れる。そう考えつつアクセルをほぼ全開まで踏み込んだそのとき――横からルノータイプの白いバンが入ってきた。ルノーを運転しているのはユダヤ教徒だった。ルノーの運転手はシートベルトをしていなかった。追突はその場で運転手を殺した。でも、これは彼の話でもない。

追突は誰のせいか？　加速して停止信号を無視した毛深い男か？　シートベルトをせず、やはり法定速度を超えて運転していたバンの運転手か？　こうした事故で責任があるのは一人だけだ。なぜ、ぼくはこういった人たちを創りだしたのか？　なぜ、ぼくになにもしてないキッパを被ったユダヤ教徒を殺したのか？　なぜ、実在もしない痩せた男を痛めつけたのか？　なぜ、褐色で毛深い男の家族をめちゃくちゃにしたのか？　ある人物を創りだしたら責任は免れないし、運を天に任せる人生とは裏腹に、ここじゃ言い訳は通用しない。天は君なのだ。登場人物が失敗したのは、君が登場人物を失敗させたせいだ。登場人物に災いが降りかかったのは、ただ君が災いを欲したせいだ。君が血だらけになる登場人物を見たかったのだ。

妻が部屋に入ってきて「執筆中？」と聞いてくる。妻は何か訊ねたがっている。何か別のことを。それが表情に出ている。でも同時に、妻はぼくの邪魔をしたくない。邪魔したくないのに、もう邪魔してしまっている。ぼくは妻に、うん、でも大したことじゃないんだと言う。この話はうまくいっていないんだ。話なんかじゃない。かゆみだよ。爪の下のかび、水虫だ。妻はぼくの言わんとすることがわかっているみたいにうなずく。妻はわかってない。でも、それは妻がぼくを愛していないという意味じゃない。わからなくたって、愛することはできるんだ。

バンバ

ぼくがはじめてキスした女の子の名前はヴェレッドといって、ヘブライ語では花の名前でもある。長いキスで、ぼく次第だったら永遠に続くか、少なくとも二人が年を取って、皺《しわ》だらけになって、死ぬまで続いたはずなのに、ヴェレッドはまっ先に止めてしまった。一瞬の沈黙が流れると、ぼくは「ありがとう」と言った。ヴェレッドは「あんた完全やらかしたわ。わかってる?」と答えた。またしばしの沈黙のあとで「その『ありがとう』ってマジでドン引きだわ。なんか『ぼくたちこのたび、晴れてキスしました』みたいな。あたしは記念日にプレゼントあげた親戚のおばさんじゃないっつーの」と言う。「怒らないでよ、ありがとうって言っただけだよ」とぼくが言うと、ヴェレッドは「いいから黙って?」と言ったので、ぼくは黙った。ヴェレッドを、はじめてキスした女の子をイラつかせたくなかった。彼女をよろこばせたいだけなのに、どうすればいいかわからなかった。ヴェレッドはそれ以上何も言わずにぼくをちょっと見てから、ぼくのズボンのベルトをゆるめてしゃぶりはじめた。なんとなく流れで、いつのまにか、ヴェレッドの留守中の親のマンションの玄関ホールで。ぼくは黙り続けていた。そういうときの振る舞い方を知らないってわかってたから、されるがままにしてようと努力した。

ヴェレッドにしゃぶられたあとは、リビングにあるビニールカバーのかかったソファでヤッた。ぼくがイッたあと何分か待ってもう一度ヤッた。ヴェレッドは二度目もやっぱりイかなかった。ヴェレッドはそれでいい、一度もイッたことがないけど、それはそれで気持ちいいと言った。そのあと、ヴェレッドが喉《のど》が渇いたと言うので、ぼくはキッチンに行って二人用に水を一杯汲んできた。

「女子とヤるの、はじめてなんでしょ、ねえ？」とヴェレッドは言って、ぼくの顔を撫《な》でた。ぼくはうなずいた。「それって、なんか燃えんだけど」とヴェレッドは言う。「あの『ありがとう』ってのはマジ……はい、さようならって感じだったけど。はじめてってのは――ムラッとくるわ」

「ぼくのお母さんはつねづね、『ありがとう』は唯一誰も傷つけない言葉だと言ってる」とぼくは言った。

「てことは、あんたのお母さんはあんたのをしゃぶるんだ」とヴェレッドは言って笑い、ぼくは心の中でなんて日だと思った。ファーストキス。はじめてのフェラ。はじめてのファック。全部一日の午後に起きて、すべてはちょっとしたミラクルで。当時ぼくは十九歳で兵役中でもあった。それはファーストキスに、はじめてのフェラにさえ遅すぎる年齢だったかもしれないが、ぼくはラッキーだと感じていた。だって、時間はかかったとしても最終的に実現したんだし、さらには可愛い、花の名前の女の子としたんだから。

ヴェレッドは彼氏がいると言った。キスする前に言わなかったのは、キスは彼氏がいたとしても大したことじゃないし、しゃぶっているときに言わなかったのは、ぼくのナニが口の中にあったからだ。どのみち、ぼくはちょっと繊細《せんさい》で変わり者に見えるから、傷つかないでねとも言った。ぼくは、驚いたけど傷ついてはないと言った。むしろその逆で、彼氏がいるのに寝てくれたなんて光栄だと。ヴェレッドは笑った。「光栄だなんて立派な言葉じゃん。彼氏はいるっちゃいるけど、あいつはクソ野郎だからね。でもってあんたは……キスした瞬間童貞だって感じて、しょうがないじゃん、童貞ってなんか燃えんのよね」

ヴェレッドは子どものときに両親によってサマーキャンプへ送りこまれ、夕飯が済むと、引率者たちが巨大な「バンバ」の菓子袋を宙に投げて、みんなが空中でキャッチしようとしたと話した。「わかるでしょ」と、五本しか生えてないぼくの胸毛を撫でながらヴェレッドは言う。『バンバ』は全員分あるってみんな知ってんのに、袋を破ってはじめて食べるドキドキ感はそんな感じじゃなかったのよ」

「そして今、ぼくという袋は破かれて」と、ぼくは少し声をつまらせる。「もうこれ以上価値がないってこと?」

「そんな大げさに言わないでよ」とヴェレッドは言う。「でもまあ、若干ね」

両親はいつ帰ってくるかと聞くと、少なくともあと一時間半はかかる、とヴェレッドは言った。もう一度寝るのに賛成か聞くと、ひっぱたかれた。そんなに強くはなかったけど、痛かった。それからヴェレッドは「『賛成か』なんて聞くな。『ヤりたいか』って聞け。完全やらかしたわ」と言った。そして、すぐに「あんたラクダなわけ、え? 一歩出たら外は砂漠で、次はいつ水場に辿りつくか誰も知らないとでも思ってんの?」と言う。それからぼくのナニを握って「心配ないって。外は砂漠じゃないし。この世じゃみんなヤッてんだし、いずれみんなヤることになんのよ。ブサイクも、アホも、サイコも、全員。あんたでさえね」と言った。

もう一度ヤッたあと、ヴェレッドは玄関までぼくを連れて行き、扉を開けると言った。「あたしが彼氏とファラフェル屋とかデパートとか映画館にいるのを偶然見つけても、知りませんなんてふりしないでよ。そういうのやなの。スカウト活動で知り合いました的な感じで元気とか言ってくれればいいから、わかった?」もう一度会えるかと聞くと、ヴェレッドはぼくの顔を撫で、傷つかないでほしいんだけど、アスィのことも全部ひっくるめてそれは都合が悪いと言った。そこからぼくは彼氏がアスィという名前だと知った。

そんなつもりはないのに、ぼくは泣いてしまい、ヴェレッドは「完全イッちゃってるわ、あんた。今までの人生であんたみたいな変人に会ったことないわ」と言った。ぼくは嬉し泣きだといったが、ヴェレッドは信じなかった。「外は砂漠じゃないのよ」とヴェレッドは言った。「ほら、あんたまだこれから死ぬほどヤんのよ」

それから二度とヴェレッドには会わなかった。映画館でも。ファラフェル屋でも。デパートでも。だけど、もし彼女がこの話を読むことがあったら、もう一度、彼女にありがとうと言いたい。

タブラ・ラーサ

哀しそうな牛

Aはくり返し同じ夢を見た。毎晩のように見ていたが、朝になってグッドマンか指導員の一人に起こされてどんな夢を見たかと聞かれると、とっさにおぼえてないと言う。それは怖い夢や恥ずかしい夢ではなく、緑の丘でイーゼルの横に立ち、そこから見える田舎の風景を水彩絵の具で描いているだけの、ごくたわいもない夢だった。風景は息を飲むような美しさだったが、Aは赤ん坊のとき孤児院に来たので、その緑の丘はAが勝手に創り上げたイメージか、授業中にスクリーンに映し出された実在する場所のどっちかだ。至福のひと時を邪魔する唯一の欠点は、イーゼルのすぐ横でずっと草を食《は》んでいる、人間の目をした巨大な一頭の牛だった。その牛は、なんだかうっとうしくてムカついた。口からよだれを垂れ流してAを哀しそうに見つめ、背中の黒い模様は、模様というより世界地図に見える。その夢を見るたびにAは同じ感覚で目が覚めた――おだやかな気持ちがいら立ちに、いら立ちが怒りに、そして怒りが哀れみに変わる感覚。夢で牛を傷つけたことはない。だけど、Aはいつも牛を傷つけたかった。夢の中で石や武器を探したり、殺意を持ったおぼえもあるが、結局、いつも最後は許してやる。夢で絵を描き上げたことはない。毎回目が覚めるタイミングが早すぎて、息が上がって汗を搔《か》き、もう一度眠るのは難しかった。

Aは夢のことをだれにも言わなかった。世界中で自分だけのものにしておきたかった。指導員は詮索好きで、孤児院ではすべての角にカメラが据えられていたから、子どもが隠しものをするのはほぼ不可能だった。だから、一番独り占めできそうなものといえば、Aをじっと見つめる厄介な牛がいる草原くらいだった。夢の話をだれにもしないもうひとつの理由——同じく大事な理由——は、Aはグッドマンが嫌いでしょうがなく、奇妙な夢をグッドマンから隠せたということは、Aにとってはささやかだが、まっとうな復讐だったのだ。

グッドマン

Aはなぜ、世界中のだれより恩義があるはずの人間をこんなにも嫌うのだろう？　なぜ両親に捨てられたAを保護し、Aだけでなく、Aと同じような運命を背負った子どもたちに身をささげた男が不幸であってほしいと思うのだろうか？　答えは単純明快である。哀れんでやっている、と絶えず刷り込もうとする人間に頼るほど耐えがたいことはない。そして、グッドマンはまさにそういう人間だった。人を見下して威張っており、保護者づらして、すべての言葉や身振りにはっきりとし

死んでいたはずだ。お前たちの運命は自分の手中にあり、自分なしではお前たちはとっくに死んでいただろう。

孤児院にいる子どもたちは人種が異なり、しゃべる言語もバラバラなので、めったにコミュニケーションをとらないが、出生にまつわる根本的な秘密を分かち合っていた。みんながみんな、分娩室で病気が発覚したときに、両親によって捨てられたのだ。その遺伝子上の病気には長いラテン名があったが「年寄り病」と呼ばれていて、赤ん坊が通常の十倍の速さで年をとる病気だった。また、その病気にかかるとはるかに速いペースで発達し学習できるので、Aは齢《よわい》二歳にして高校卒業レベルの歴史知識を身につけ、数多くのクラシック音楽作品を暗記し、卓越したレベルで絵とデッサンを描いた。グッドマンいわく、世界中のギャラリーや美術館で作品を展示できるほどだった。

しかし、あらゆるほかの病気と同じように、利点は欠点の前で色あせてしまう。孤児院の子どもたちは、自分たちの多くが十歳まで生きられないと知っていた。ガンや発作、血圧の問題などの老化に関連する病気で、もっと早く死ぬかもしれないということを。彼らの生物学的な時計は、弱い心臓が鼓動を打つのをやめるまで、異常なペースでチクタク時を刻み続けることを。

長年にわたって、子どもたち全員が孤児院の指導員から自分たちの乳児期の同じ哀しい話をくり返し聞かされた。寝る前に聞くおとぎ話と同じように、冷たい口調で語られる話。どのように母親が出産と共に病気を知り、この世界に生まれてきたばかりの赤ん坊に悲惨な末路が迫ってくるのを感じて、赤ん坊を捨てることになったか。一体どこの親が、牛乳パックみたいに消費期限ぎりぎりの生後一日の赤ん坊とつながっていたいだろう?

グッドマンは祝日の夕食の席で少しお酒が入ると、いかにして若き産科医として年寄り病の子どもを捨てた母親にはじめて出会い、その子どもを引き取って、通常は少なくとも十年ちょっとかけて学ぶことを、三年以内で教えることができたかを話すのが好きだった。まるで超高速で撮影された植物がたった一分で芽吹いて、花を咲かせ、枯れていくように、いかに子どもがとんでもないスピードで目の前で成長していったかを情感たっぷりに話した。そして子どもと一緒に、それに負けないくらいのスピードでとグッドマンは言う、病気が課した途方もない挑戦を前に、同じように一人っきりで残されて捨てられた赤ん坊を救うという自分の計画がどう発展していったかを。グッドマンがスイスに建てた孤児院には年寄り病で望まれない子どもたちが集められ、なるべく早くトレーニングを積んだあとに世間に出て、ごく短い人生を自立して生活できるように、一人ひとりの子どもに合わせた学習プログラムが組まれていた。話のおわりの方で、グッドマンはきまって涙ぐみ、子どもたちが立ち上がって拍手喝采するので、Aも立ちあがって手を叩いてはみるが、喉《のど》から声はまったく出てこなかった。

ナディア

世の中へ出ていく前に、グッドマンは子ども全員に「生活適性」試験をパスすることを要求した。毎月実施される試験は一人ひとりの学習プログラムにマッチしていて、満点を取った子どもは個人面接試験に進む。うわさによれば、面接試験でグッドマンはとくに難しい質問をし、いびり、嫌味を言い、ときには手をあげることもあったという。しかし、面接をくぐりぬければ、身分証明書と適性をくわしく記した紹介状、千スイスフラン、事前に選ばれた目的地への鉄道切符を手にして、孤児院の門を出ることができた。

なによりも、Aは孤児院を去りたかった。女の子とキスするより、天使が演奏する極上のオーケストラのコンチェルトを聴くより、完璧な絵を描くより——一番の望みは、生活適性試験とその次の面接試験をパスし、与えられた残り少ない人生を緑の丘で、青い空の下で、孤児院の子どもたちと指導員だけではない、いろんな人たちの中で生きることだった。

Aは月一回の生活適性試験に十九回落ちていた。このあいだ、何人もの子どもが孤児院から永遠に去ったのを見ていて、そのうちの何人かはAより若く、何人かはAより頭がいいわけでも勤勉でもなかった。しかし、Aは次の四月の試験はパスするとNに約束した。NはAより四か月若かった。Nも絵画を学んでいたから、ふたりはほぼ毎日会うことができた。孤児院ではスイスの四つの公用語のうちドイツ語、フランス語、イタリア語が教えられていた。Aの母語はドイツ語で、Nはフランス語をしゃべったのでコミュニケーションは自由に取れなかったが、毎日AがNにちょっとした贈りものをする妨《さまた》げにはならなかった。色をつけた折り紙のカモメや、食堂の花瓶から盗んだ生花、Nそっくりな天使が鉄条鋼の上に浮かんでいるデッサン画。

Nは、Aのために思いついた「アルベール」という名前でしつこくAを呼んだ。Aの方は、以前体育の時間に古い映像で見た「ナディア」という、すばしっこくて哀しげなルーマニアの体操選手の名前でNを呼んだ。孤児院のルールによれば、退所日になってはじめてちゃんとした資料と一緒に氏名をもらえることになっていて、それまでは入所時につけられたイニシャル以外にどんな名前やあだ名に変えるのも厳しく禁止されていた。Nと孤児院を去るときにはまったくちがう名前が与えられ、ふたりして新しい名前で呼ばれるようになるが、AにとってNは永遠に「ナディア」のままだとわかっていた。

秘密の寄付者

孤児院は寄付によって建てられ、子ども一人ひとりに個別の秘密の寄付者がついていた。寄付者はそれぞれ子どものイニシャル、将来の名前、学習プログラム、退所日に渡される鉄道切符の行き先を指定する。ナディアはフランス語をしゃべり、Aはドイツ語をしゃべったので、ふたりはスイス内の別々の街に送られるだろうとの結論に至り、それから計画を立てた。最初に駅に着いた方が、駅構内の一番北にあるベンチにこれから向かう街の名前を刻み、街に着いたら中央駅の中央口に毎朝きっかり七時に姿をあらわし、ふたりが再会するまでやめないこと。しかし、ふたりはまず試験をパスしないといけない。秘密の寄付者がナディアを医者にさせようとしているのは、学習プログラムを見ればあきらかだった。前回の試験でナディアは解剖セクションで落ちたが、今回の試験はしっかり準備するとAに約束した。

秘密の寄付者がAに望んでいることは、そこまでわかりやすくなかった。Aの学習プログラムは絵画の授業に加えて、ソーシャルスキルと言語スキルにとくに重点が置かれており、のこりの時間で論理的なエッセイの書き方と演説のテクニックを学んだ。Aの寄付者は、その道に精通した一流の芸術家に成長してほしいのだろうか？　そうかもしれない。しかし、なにはともあれ、秘密の寄付者はAに自由奔放な芸術家に似合うような、濃くてむさ苦しい髭《ひげ》をはやしてほしいらしく、Aはほかの子どものように髭剃り道具を支給されたことがなかった。グッドマンとの会話で一度その話題を持ちだそうとすると、グッドマンは口数少なにその話題をはねつけ、「くだらないことに時間を割く」代わりにもうすぐやって来る試験日に集中しなさいと忠告した。Aからすると、Aの寄付者が髭をはやしているので、Aにもはやしてほしいのではないかと考えた。前に一度、体育館のガラスの窓越しにグッドマンが白い長い髭をはやした年寄りの男と話しているのを目にしたことがある。Aがちょうど体育館のまわりを何周か走り終えたときにグッドマンがAを指さして、髭の男が一心不乱にAを目で追ってうなずいているのをはっきり見た。なぜ年寄りの男は、Aのような捨てられた子どもの教育にありったけの金を出すのだろうか？　良心から？　心が寛《ひろ》いから？　人生で犯したひどいことへの罪滅ぼしのため？　なぜ遺伝子の欠陥がある子どもの支援をして、たとえばずば抜けた才能を発揮し、人類全体を発展しうる天才児にその金銭的支援を向けなかったのだろう？　Aは自分が健康で金持ちだったら、病気の子どものために男と似たようなことをしただろうかと思った。だれにわかるというのか。もしかしたらパラレルワールドが存在していて、そこでAはグッドマンの傍らでナディアやほかの子どもを指さしている年寄りの男であり、グッドマンから子どもの成長や趣味、試験をパスする可能性、外に出て残りの人生を壁に囲われたり守られたりしていない、手つかずの世界で生きるチャンスについて耳元で聞かされている側かもしれないのだ。

試験

筆記試験に割り当てられた時間は四時間だった。Ａは過去の試験をぎりぎり最後の数分で終えていて、そのうち二回はすべての問題に回答しきれずに提出しないといけなかった。しかし、今回は終了時間の二十五分前に終えてペンを置いた。指導員はいますぐ試験用紙を提出したいかと聞いてきたが、Ａはまだと言った。あまりに多くのことがこれにかかっている。Ａは答えを文法的に読みかえし、句読点のミスを直し、若干書き方がわかりにくいと思う言葉を書き直した。終了時間が来たとき、Ａは完璧な答案用紙を提出したとわかっていた。そして実際に、四月に受験した七人中、ナディアとＡだけが面接試験に進むことになった。

ちょうどナディアがグッドマンの部屋から出てきたときに、ふたりは鉢合わせた。ナディアの隣に個人指導員がいてＡに話しかけられなかったが、ナディアのすがすがしい表情がすべてをもの語っていた。今度はＡが面接を突破する番だった——そして、ふたりとも外に出るのだ。どっちが先に駅に着くだろう。どっちが鉄道切符に書かれている街の名前をベンチに刻むだろう。もし駅にベンチがなかったら？　Ａは突然恐怖に襲われた。Ａの夢は孤児院を去るだけでなく、孤児院を出てナディアと一緒に生きることだった。ちょっとした計画漏れのせいでふたりが会いそびれたら？　現にお互いの新しい名前を知る手立てはないから、街の名前をベンチに残せなかったら、ふたりは二度と会うこともないだろう。

「なにを考えているのかな？」とグッドマンが聞いた。

「自分の人生についてです。外の世界でぼくを待っている未来について」とＡは小声で言ってから、すぐに取りつくろった調子で「いままでお世話になった孤児院に、とくに、いまこの瞬間に導いてくれたグッドマンさんにどれだけ借りがあるか考えていました」とつけ加える。

「まるで、すでにここの問題は片付いて、列車の窓から白いハンカチを振っているようなもの言いだな」とグッドマンは言うと、顔を歪めて意地悪い笑みを浮かべた。「十九回も試験に落ちた者として、すこし身の程知らずではないかね、え？」

「今回、ぼくの試験は完璧でした」と、Aは口ごもる。「ぼくには自信があります」

「**君には**自信がある」とグッドマンはさえぎる。「しかし**わたしには**、残念ながらそうとも言えなくてね」

「今回、ぼくの回答はすべて正解です」とAは主張する。

「ああ」と、グッドマンはいら立ってつぶやく。「それについてはわたしも異存はない。しかし、君は試験の答案用紙に書かれた正しい回答だけで評価されるわけではない。字義どおりの回答の裏には回答者の考え方や特徴が隠れていて、その二つに関して、まだ君には少なくない課題が残っているとわたしには感じられるんだが」

Aは呆然《ぼうぜん》と立ち尽くした。急いで頭の中に、グッドマンに意見を変えさせるか、グッドマンを言い負かせるような論法を探したが、唯一口をついて出てきたのは「お前が憎い」だった。「かまわない」グッドマンはうなずくと、すぐにインターコムのボタンを押して個人指導員にAを住居に連れて帰るよう頼んだ。

「わたしを憎んでいるのはいいことだ。君の成長の一部だからね。わたしは好かれるために、これをしているわけではない」

「お前が憎い」とAはくり返し、自分の内側で怒りがふくれあがっていくのを感じた。「自分をいい人間だと思っているようだが、お前は傲慢《ごうまん》な悪人だ。毎晩、寝る前に目をつむって、朝起きるとお前が死んでるところを想像する」

「まったく問題ない」と、グッドマンは続ける。「わたしが君に与えた罰や、君がわたしに感じる憎しみは、どれも君を真に重要な目的にささげるプロセスの一部なのだ。そこに愛情や感謝は含まれない」

逃亡

Aをグッドマンから引き離すために、四人の警備員が呼ばれた。突発的な激しい揉み合いでAは額に大きなあざをつくり、左手の二本の指を折ったが、それだけでは終わらなかった。Aは警備員の一人からIDタグを奪い取った。揉み合いの最中に相手のシャツから破り取り、だれにも見られずにポケットに押し込んでいた。

その夜、Aは眠ったふりをしてから真夜中の一時にベッドから出ると、そっと子どもたちの居住エリアから出口扉まで歩きはじめた。盗んだIDタグで扉が開くとわかっていた。孤児院の西側には子どもが立ち入り禁止のゲストエリアがあり、その後ろには孤児院の正門があった。正門をくぐったことはないが、そこもIDタグで開けられるはずだ。もしそれがだめでも、門をよじ登るか、下を掘るか、道を突っ切るか、ここから出るためならなんでもするつもりだった。

Aはゲストエリアに伸びる廊下をひたすら進んでいった。ゲストエリアには支援している子どもの最新状況を知るために寄付者が定期的に滞在していた。Aはずっと、ゲストエリアを巨大な食堂があったり、シャンデリアが垂れさがる豪華なホテルみたいなものだと想像していたが、いざ見てみると想像とは似ても似つかない。メインの廊下はオフィスビルのようで、両側にある扉はそれぞれのホールに続いていて、ホール内は演劇の舞台セットみたいだった。一つ目のホールは軍の地下壕に似ていて、二つ目は小学校の教室のようで、三つ目には豪華なスイミングプールがあって、中央に裸の死体が浮いていた。

Aは地下壕に似せて設計されたホールで見つけた旧式のランタンで行く先を照らし、光を死体へ向けた。その顔は血と肉でできた粘っこい生地のようだったが、すぐに死体がだれか気がついた。Aは水の中に飛び込むと、ナディアの裸の死体を抱きしめた。身体が粉々に砕け散るようだった。なにもかも、おわってしまった。もう、なんにもない。この逃亡劇はAを外の世界へ、よりいい人生へと導いてくれるはずだったのに、いまこの瞬間にその夢は打ち砕かれた。ナディアがそばにいないなら、もうなにもいらない。どこかからトイレの水を流す音が聞こえて、Aは顔を上げた。クロークルームから、禿《は》げて脂肪のない、水着を着た男が出てきた。禿げた男はAに気がつくと、すぐにフランス語で叫びだし、またたく間に五人の警備員が駆けつけた。禿げた男はしゃがれ声で警備員になにか言うと、Aと死体を指さした。警備員は水の中に飛び込んでAとナディアを引き離そうとしたが、Aは抵抗した。プールの最後の記憶は、塩素と血の混じりあった匂い、それにつづく暗闇だった。

怒りと美徳

Aは椅子に繫《つな》がれた状態で目を覚ました。Aがいた場所はゲストエリアの一つ目のホールで、ランタンを見つけたほこりっぽい軍の地下壕だった。Aの傍らにはグッドマンが立っていた。

「Nが殺された」とAは声を詰まらせた。

「知っている」グッドマンはうなずいた。

「たぶん、あの禿げた男だ。背の低い……」Aはうめいた。

「いいんだよ」とグッドマンは返した。「Nは彼のものだったんだ」

「いいわけない」Aはむせび泣く。「Nは殺されたんだ！　警察を呼ばないと……」

「殺されるには、まず人間でないといけない」グッドマンはたしなめるように言う。「Nは人間でなかった」

「Nは……なんだって？　よくもそんな！」とAはわめく。「Nはすごくいい人間で、思いやりのある女性で……」

「Nはクローンだった」とグッドマンはさえぎった。「彼女はナタリー・ルオーといって、注文者であるフィリップの、君が見た、禿げて背の低い男の妻のクローンだった」

Aはしゃべろうと口を開いたが、肺に空気が入ってこない。まわりでホールがぐるぐると回り、椅子に繫がれてなければ、その場に倒れ込んでいただろう。

「心配ない」とグッドマンは言い、Aの肩にそっと手を置いた。「本物のナタリー・ルオーはまだスイスで生きていて、もうすぐ夫が短期出張から帰ってくるのをいまかいまかと待っている。フィリップがここですべての怒りをクローンにぶつければ、本物の妻はずっとやさしくて落ちついた夫を家に迎えることになる。フィリップが帰宅するころには、ナタリーの美徳にうんとありがたみが増すだろうし、彼女はほかにも似たような美徳がたくさんあると、現に君もわたしも知っているではないか」

「でも、あいつはNを殺して……」とAは口ごもった。

「殺したのではない」グッドマンは言い直す。「クローンを破壊したのだ」

「Nは人間で……」Aは言い張った。

「人間の**ように見えた**」とグッドマンは言い直す。「ちょうど君が人間に見えるようにね」

「ぼくは人間だ！」Aは金切り声を上げる。「年寄り病に生まれて、母親に捨てられて……」しかし、グッドマンのあざ笑うような視線によって最後まで言うのを阻《はば》まれた。

「ぼくもクローンなのか？」とAは涙声で聞く。「ぼくも、ぼくをきらいな身近な人間が注文したっていうのか……？」

「君を？」と、グッドマンは言って笑う。「君の場合は多少複雑なんだ」

「複雑？」とAが口ごもると、グッドマンはポケットから小さな鏡を取り出してAの目の前にかかげた。鏡を見ると、Aのびっしり生えていた髭は短い口髭を残してすっかり剃られていて、髪は梳《す》かれ、両サイドに不恰好に分けられていた。鏡を見ると自分が茶色い軍服を着ているのに気がついた。

「さあ、君の名前はアドルフだ」とグッドマンは言う。「君のご主人がいま入ってくるところだ」

タブラ・ラーサ

白い髭の年寄りは、じっくりとAを見つめた。「近づいて結構ですよ、シュタイン氏」とグッドマンは言った。「繋がれていますので、悪さはできません」

「本人そっくりとしか言いようがない」と震える声で年寄りはささやいた。

「そっくりではありません」とグッドマンは言い直した。「本人です。百パーセント、アドルフ・ヒトラーです。身体だけでなく、内面も。同じ知性に同じ気質、同じ才能をもっています。あるものをお見せしましょう」

グッドマンは革のカバンから小さなラップトップを取り出し、年寄りの目の前に据えた。Aの位置から画面は見えなかったが、パソコンから自分の声が聞こえた。お前が憎い、お前の死が待ちきれない、とわめく自分の声がする。

「どうです?」とグッドマンは誇らしげに言う。「手の動きをご覧になりましたか? さらにこちらをご覧ください……」今度は言ったことのないセリフを言う自分の声が聞こえ、だれの前にも屈しない強靭《きょうじん》なドイツについて語っていた。グッドマンは映像を止めた。

「どうでしょう?」と、グッドマンは年寄りに言う。「まさに本人です。彼の心を取り出して白紙《タブラ・》状態《ラーサ》にし、そこにすべてを書きこんだのです。彼が最初のひと息を吸った瞬間から、この日のために準備してまいりました」

グッドマンはピストルとナイフを取り出して、その二つを年寄りの前に置いた。「どちらがお好みか知りませんでしたので」とグッドマンは言って肩をすくめた。「よろしければ、わたしは扉の外で待つことにします」

最終的解決

年寄りはピストルをAの額に向けた。

「これまでの人生ずっと、この瞬間を待っていた」と年寄りは言った。「ゲットーにいたときも、両親と弟を失ったときも、生きのびて、家族を殺したやつに復讐すると誓った」

「撃て」とAは年寄りをあおる。「もうなにも変わりはない。どっちにしろ、もうぼくには生きる意味がない」

「そんなはずはない」と、年寄りは食ってかかる。「いまお前は泣いて、命乞いをするはずだ」

Aは目を閉じて「ぼくは、アルベールだ」とつぶやいた。

年寄りの手がわなわなと震えはじめた。

「お前はヒトラーだ」と年寄りは嘆く。「お前は卑怯な悪魔で、いまこの最後の瞬間ですら一芝居うっている……」

「ぼくは、アルベールだ」とAは目をつむったまま、もう一度自分につぶやいた。ナディアと一緒に、あの緑の丘の頂で、そろいのイーゼルの前に立って真っ赤な夕陽を描いているのを想像する。

ピストルの引き金が引かれる音が、もうあんなに遠くに聞こえる。ナディアは絵から顔を上げた。

「ほらね」ナディアは、満面の笑みでAに言った。

「最後には一緒になるって言ったでしょう」

家へ

それは、二歳になるちょっと前にはじまった。ヨハイが保育園に幼いヒレルを置いて行こうとすると、ヒレルは「おうち！　おうち！」とわめいて、冷たいタイルの床に身を投げ出し、「おうち！　おうち！」とまたわめき続けた。

保育士は、かまわず行ってくださいとヨハイに言い、子どもの頃から先生の言うことをちゃんと聞いてきたタイプのヨハイは、かばんを持ってその場を離れた。

わめくのは保育園ではじまったが、友人の家でも、祖父母の家でも続いた。世話してくれる保育士はいなかったので、ヨハイはすぐに音《ね》を上げて幼いヒレルを腕に抱え、車に乗って家へ帰った。ときおり祖母の一人が、ヨハイたちはせっかく作ったねぎ入りポテトパンケーキも食べてくれず、モシャブからあとちょっとで到着する叔父さんにも会わないで帰ってしまうと嘆いたが、ヨハイは耳を傾ける余裕もなく、階段を駆け下りながら肩越しに、「ねばっても、余計ひどくなるだけだから」とぼやいて去っていく。心の底では、ヒレルが保育園のときみたいにわめいてもせいぜい二分後にはおさまるとわかってはいたが、そのわめき声には何かヨハイの思いとぴったり重なるものがあった。自分たちの家が住みよいという意味ではない。新聞の賃貸広告の下の方に「要リノベーション」とつくような、古い北地区の二部屋半の家。家主が月千八百ドルの家賃を要求してもしょうがない家。受けとるのも仕方ない。恰好のロケーションのためだろう。中心地だが静か。向かいのマンションの女が夜になるとわめく以外は。

近所のわめく女の寝室の窓はヨハイたちの寝室の真向かいにあって、女がわめくと眠れなかった。「あたしを引き裂いて」と、女はわめく。「ズタズタのメチャクチャにして」

「一体どこの誰があんなこと言うのよ?」とホダヤは小声で文句を言う。「誰かを蹴飛ばしているチンピラみたい、ベッドで愛し合っているように聞こえないわ」「べつに愛し合ってないんじゃない?」とヨハイはわめく女をかばおうとする。「思う存分ヤッてるだけなんじゃない?」実際、女の声はベッドで愛し合っているようには聞こえず、どっちかというと近所の誰一人として触れようとしないが、苦痛と喜びが入り混じった、確実に二棟のマンション全体が目を覚ます野生の声という感じだった。テロが通りで横行するので、猛威がおさまるまでみんなが部屋にじっと閉じ込もるような暴動的なわめき声。ヨハイはそのことについて誰かとしゃべりたくてたまらなかったが、恥ずかしかった。みんなも恥ずかしがっているようだった。ヨハイが恥ずかしい理由は明白で、ホダヤと自分はあんなふうにわめかないというのが恥ずかしかった。だから向かいの女がわめくたびに、本能的にはるかに劣るふたりのセックスが真っ向から挑戦を受けたのだ。といって、ヨハイが向かいの女から学ぶつもりはないというわけではない。ヨハイは愛するホダヤをマジでヤリまくりたかったが、どういうわけかふたりのもとではすべてはひどく脆弱《ぜいじゃく》で、抑制が効いてしまう。「あんなふうにヤるなんて動物だけよ」と、ホダヤは一度向かいの女について言い、何日か後にヨハイとホダヤがヤッたとき、ヨハイは自分をクマかトラか犬だと思おうとしたが、激しい息切れと、首筋を噛《か》んでホダヤを激怒させた以外に変化はひとつもなかった。
ヒレルも近所の女のわめき声でよく目を覚ました。ヒレルがベビーベッドに立ちあがって聞いているのを見ていたので、ヨハイは知っていた。わめき声に起こされたのに泣かずに、ただ立ってじっと耳をすませていた。すべて終わるとヒレルはすぐ横になり、ブツブツ独り言をつぶやいて、また眠りこんだ。

それは、冬のある雨の日、保育園から帰ってきたときだった。扉を開けるとヒレルはヨハイの傍らを駆け抜け、リビングまで行ってまわりを見まわした。ヒレルは壊れかけの、電動のプラスチックのおもちゃで溢《あふ》れるおもちゃ箱に目をやった。リビングの壁に無理矢理かけてある、絵描きであるホダヤの弟がくれた干からびた絵をながめた。「キッチンマット大虐殺」の孤独な生存者さながらに、くたびれて毛の抜けたキッチンマットに目をやると、冷たいタイルの床に小さなちいさな身体を投げ出して「おうち！　おうち！」とわめいた。ヨハイはなんとかヒレルを説得しようとした。もう家にいるから大丈夫だよと。でも、うまくいかなかった。ヒレルが言うことを聞かなかったせいもあるし、心の奥ではヨハイ自身、確信が持てなかったからだ。このもの哀しいアパートは家なんてもんじゃなく、大丈夫なんていうのも――状況を都合のいいように解釈したにすぎない。ヨハイは気がつくと、さっと子どもを抱きかかえ、車に連れて行き、チャイルドシートに固定して運転していた。「おうち！　おうち！」とヒレルはわめき続け、ヨハイはミラー越しにヒレルに微笑みながら、「パパが探してるよ、パパが探してるから」と言った。ヘルツェリヤ・ピトゥアッハまで走ったが、道中家っぽいものさえ見つからず、ヒレルがわめき疲れて眠りに落ちてから、やっと家に引き返した。

家に着くとちょっとした奇跡がおきて、家の真下に駐車スペースがあった。ヒレルを慎重にシートからひっぱりだして肩に抱きかかえたところで、向かいのマンションの女と、女をヤリまくっていた男が歩道に立ってヨハイを見ているのに気がついた。二人ともスーパーの買い物でいっぱいになったレジ袋を持っていた。「なんてかわいいの」と、女は小声で言って袋を歩道に置いた。女はヒレルを撫《な》でようと前かがみになったが途中で動きを止めた。「大丈夫ですよ」とヨハイは言って女に笑いかける。「触っていいですよ、起きませんから。ぐっすり眠ってるんで」女は、眠りながらブツブツつぶやくヒレルの巻き毛を撫でた。そのときはじめて、ベランダの揺れる影としてでなく、近くから女を見た。背が低く肌は荒れ、ずっとにこにこしている。「一番下の子かな?」と、ほぼ禿げあがり、女より二十歳は年上に見える、女をヤリまくってた男が聞いた。「一人っ子なんです」と、ヨハイはすまなさそうに言う。「今のところは」女をヤリまくってた男は、もう口も利かなくなった女性との間に子どもが四人いて、一番上はすでに兵役についていると言った。「子どもに勝るもんはないぞ」と男は言って、わずかに残る髪を撫でた。

向かいの女と四人の子の父親は去り、ヨハイはヒレルを腕に抱えたままその場に立ち尽くし、外からリビングの明かりをながめた。ホダヤは授業から帰っていて、相当心配してるはずだ。そのときやっと、わめいているヒレルを車に連れていくとき携帯を忘れたのに気がついた。ホダヤは連絡をとろうとしただろう。家に入ったら怒りだすだろうが、すぐに許し、泣きながら、何か起きたんじゃないか、どれだけ心配したかと言うだろう。ヨハイにしても、何も言わずにヒレルを連れ出すなんて良くないに決まってる。逆の立場だったらひどくあわてただろう。ヨハイはずり落ちそうなヒレルをそっと肩の高い位置に抱え直して、建物の入り口に向かって歩を進めた。雨上がりの心地良い香りが立ち込めていて、ぴたっと身体にはりついたヒレルは、湯たんぽみたいに温かかった。ヨハイは階段の踊り場へと向かう前に、冷たい空気を吸い込もうと、もう少しだけ暗い通りにとどまった。

パイナップルクラッシュ

最初の一服は世界をカラフルにする。夜まで大事にとっておけば――テレビ画面にチラチラ映るくだらない内容が急に全部笑えてくる。まっ昼間、自転車に乗る前に吸えば、まわりに広がる世界がスリルに満ちてくる。起きた瞬間、コーヒーを飲む前にキメると――ベッドから這い出すか、あと何時間か眠る力を与えてくれる。

最初の一服はまるで幼なじみや初恋の娘《こ》、広告の人生みたいだ。返品可能ならとっくの昔に店に返してたみたいなリアルな人生とはちがう。広告の中ではストレスはなく、全部きれいで、なんでも実現し、どれもおいしく、すべて込みになっている。最初の一服を終えてもう一服すると、まわりの現実をぼかしてその日を一日耐えられるようにしてくれるが、もう最初と同じようにはいかない。

最初の一服は夕陽が沈むころにキメる。学童保育の職場は海から一キロも離れておらず、一年二組のラビブのイラついた母親が、いつも最後に洟《はな》たれ小僧を迎えに来る五時にさっさと仕事を片付ける。すると、雑用をすませる時間ができて、できればベン・イェフダ通りかヤルコン通りでスモールサイズのコーヒーを飲んでから、遊歩道までぶらぶら歩いて行く。そこで太陽が海にキスをするのをひたすら待つ。まるで子どもがおやすみのキスを待つみたいに、まるでニキビ面のガキがクラスのパーティーではじめてのフレンチキスを待つみたいに、まるで皺《しわ》くちゃの年寄りが孫娘からぶちゅっと頬にキスしてもらうのを待つみたいに。太陽が海に反射しだすと、すぐに煙草のノブレスの箱からハッパを取り出して、火を点《つ》ける。

ハッパは静かに吸うようにしている。毎回そのひとときを楽しんで、顔に風が吹きつけるのを感じ、空の色と、赤い夕陽に燃える海をちょっとだけ味わおうとする。味わおうとするが、あんまりうまくいかない。というのも、最初にひと息吐くと、なんで一年一組のロミを「しょんべんくせえ」なんて呼ぶミスを犯したのか、ちっこい密告者がクソ母《おや》に垂れ込んで、クソ母《おや》が校長のもとへ直行するみたいな考えが頭に入り込んでくるからだ。さらには先生たちの中で一番おれにやさしくて、いつも元気ですかと聞いて微笑《ほほえ》んでくれる、ボブカットの背の高い二組の先生とおれとのあいだに恋愛感情が芽生えつつあるんじゃないか的なことも。おせっかいにも、いつも母さんにおれの家賃を補助するなと釘をさすスーパーリッチな兄貴のことなんかも。おれはいつも、その日最高の一服をくだらない考えのせいで無駄にしないように、そういう考えを追っ払おうとして、時にはうまくいく。でも、もしだめだったとしても――すでに兄貴について余計な考えがあるくらいだったら、ハイになってる方がマシだ。

人生は、アパートの前の住人がリビングに置いてった低くてダサいテーブルみたいなもんだ。たいていはテーブルの存在に気付いているし、位置もわかってて注意もしてるが、ときどき忘れてテーブルの角にすねか膝をぶつけると痛い。で、だいたいぶつけた跡が残る。吸っている時も、この低いテーブルの存在は消せない。死ぬ以外に消す方法なんてない。だけど、上質な一服はテーブルの角を削って、ちょっとだけ丸くできる。だから、角にぶつけても痛みはかなり和らいでいる。

吸い終わったら、自転車で街を少しうろつく。人びとを観察する。興味深い人間を見つけたら、それはたいてい女なのだが、あとをつけてストーリーをつくりあげる。おれが尾行している女は携帯で話しながら声を上げていて、話し相手は金曜の晩飯どきにダンナを見張っている妹だ。ピザ屋で買った発泡スチロールの箱に入ったアイスクリームは怠け者の甘やかされた息子用。薬局に寄ったのは怠け者のガキがもう一人生まれないようにする薬を買うためだ。そのあと天気がよければ、ベングリオン通りのベンチに身を投げ出して、モロにキマッてるか、効き目がちょっとでも持続しているうちは普通の煙草を吸いながらその場に留まる。効果が完全に切れたら、自転車に飛び乗る。アパートに帰る。テレビ、出会い系サイト、オンラインゲーム、トランスミュージックのもとへ。

四年間ほぼ途切れずに、最初の一服を日没にキメてきた。さっさと火を点けたほうがいいとおれに確信させる、すげえハッパはいくつかあった。でも、それもちょっとだ。で、おれみたいに流されやすくハマりやすいタイプにとって、確かにそれは誇れることだ。夕暮れ時の漁師のいる岸辺で、千本以上のハッパをキメてきた。邪魔の入らない千本を超えるハッパを。例の「すみません」がやってくるまでは。

「すみません」

かなり落ち着いていてもの腰がやわらかかったので、振り向く前に絶対ブスだと決めつけていた、というのも美人はどっみち全部許されるから、そこまでもの腰やわらかくする必要がない。

彼女はおれよりも年上で、だいたい四十歳くらいに見えた。白いシャツに黒いスカート。束ねた茶色い髪。賢そうな目。肌の色は明るめで、ちょっとだけ、とくに目元に皺があったが、それもセクシーさを増すだけだった。

どうかしましたかと聞きたかったのに、ハッパを吸ってるせいで、ちょっぴり攻撃的な「何?」という言葉しか口から出てこない。彼女が一歩後ずさりして「ごめんなさい、なんでもないの」と言ったから、攻撃的だったんだろう。おれはゴホン、と咳払いして「いや、大丈夫です。どうぞ言ってください。何か知りたいことでも?」と言う。彼女は恥ずかしそうに微笑んで、「それがハッパなのか聞きたかったの」と小声で言う。彼女は通りで足を止めて、そんなことを聞くタイプには見えなかったし、どう見ても警官には見えない。なので、おれは首を縦に振る。「ちょっとだけ、いい?」と彼女は聞いてから、二本の指を差し出す。手は震えていた。

おれはハッパを渡した。彼女は吸いこみながら、ありがとうと言おうとする。しかし、むせて言えない。おれたち二人は笑った。彼女はありがとうと言うのをあきらめてもう一口吸うと、水中に潜るみたいに口の中にためた。そんなふうに、ガキが煙草を吸うみたいに誰かが吸うのを、ずいぶん長いこと見てなかった。ハッパを返そうとしてきたが、おれはまだ吸っててい い、と合図する。何吐きかするとまた返されたので、今度は受け取る。そんなふうに一緒に吸った。ハッパが終わるころには夕陽は沈んでいた。「ああ」と彼女は言う。「もう何年も吸ってなかったから、こんなに楽しいもんだって忘れてたわ」気の利いた返しをしたかったが、口をついて出てくる言葉といえば「上物なんだよね」だけ。彼女はうなずいて、ありがとうと言う。こんなのお安い御用だよと返すと、彼女は去っていった。

それで終わり。それで終わるはずだった。だがさっき言ったように、おれがハイになってる時は人のあとを、とくに女のあとをつけるわけで、彼女のあともつけたのだ。彼女はベン・イェフダ通りまで歩いていき、広告ではシナイ半島の味がするとうたっているが、ベドウィンのラクダのうんこ味みたいな気味悪い連想をさせるアイランド・マンゴーのジュースを買った。そこからタクシーに乗った。自転車でタクシーのあとをつけると、彼女がタクシーを降りてアキロブ・タワーマンションのロビーに入って、守衛にあいさつするのが見えた。四十歳、アイロンがけされた白いシャツ、テルアビブのステータスシンボルであるアキロブ・タワーマンション。海でハッパを一緒にキメるなんて期待できるような女じゃない。

家への帰り道、ナンパするべきだったと自分に言う。携帯番号を聞くべきだった。おれの欲深い脳が、状況を有効活用しなかったこと、チャンスを摑《つか》み損ねたことでおれを叱り飛ばしたが、心はビシッと鋭く、そんなのはクールじゃないと言う。彼女はおれからハッパを欲しがり、それが彼女の欲しかったもんで、もちろん困らせるのもありだったが、女が通りで微笑みかけてきた時に、おれだって時には手出しせず微笑み返すことだってできるんだ。そいつは実のところ、おれの良心を表している。たぶん、それを引き出せた彼女の良心だって。

アキロブと吸った次の日、学童保育の仕事が早く終わる。ラビブの母親は専門医を予約したと言って、四時十五分に迎えにくる。鼻水をたらした息子にトレーナーを着せてスクールバッグをかけているわずか三十秒のあいだに、母親は五回も「専門医」と言う。だが、何の専門医かは一度も言わない。どうせ、湊ったれの専門医だろう。

自転車に乗って、普段より早く海につく。ベンチに陣取って、道行く人たちを見ながら日没まで時間をつぶす。人通りはまばらだ。Tシャツかトレーニングウェアを着て、寒すぎないこの二月に浮かれているあらゆる種類のツーリスト。携帯で話すか目的地へ急いでて、すぐそばに海があるなんて気にもとめないあらゆる種類のイスラエル人たち。夕陽の最初の一筋が波を引っ掻いてもおれは火を点けない。ハッパに関してはヤリたがりのおれだが、さらに三、四分待つことにし、それがなんでなのかもわからない。

吸いながら海を見て、その美しい瞬間を味わおうとするが、いつも通りうまくいかない。四方八方から余計な考えが頭の中に入り込んで来る。おれは専門医のところにいるラビブを想像する。たぶん、やつは手遅れの病気にでもかかってるんだろう。哀れなガキ。学童保育の子ども全員がやつをいじめている。おれもだ。「洟たれ」なんて呼んだり、袖で鼻水を拭くのを真似したり。そういうことはやめようと自分に誓ってから考えをまた彼女に向ける。アキロブ。今日、また彼女が来ることを心の隅で期待していたが、もうすでに、こんな遊歩道のど真ん中で、知らない人間が一緒に吸おうと誘ってくるだけでも十分おかしいのに、そんなことが二日続けて起こるチャンスなんてどれくらいあるんだ？　吸い終わると、夕陽が沈みきるまでその場に残る。彼女をアキロブと呼ぶのはいただけない。アキロブというマンションに住んでるってだけで。そんな呼び方はレッテルを貼るようなもんだ。アラブ人を「アラブ人」と呼んだり、ロシア人を「ロシア人」と言ったりするような。そうは思ってみるものの、まさにおれの悪癖だった。今になって寒くなってくる。午後はあったかかったから、トレーナーを持ってこなかった。

立ち上がって自転車の方へ歩き出した時、アキロブが近づいてくるのが見えた。まだおれの方を見てなかったと思う。おれはアキロブに背中を向けて振り返り、ポケットの中を探り出す。だいたい最初から「本日のお楽しみ」は一個しか用意しない。でも、今日はセキュリティー会社に勤めていて学校の門番をしているロシア人のユーリに一つ約束してたから二つある。結局ユーリが門番に来なかったから、二つ目のハッパが煙草の箱の中に残っている。おれは二つ目のハッパを取り出して火を点け、できるだけ平静を装い、一つ目のハッパでがっつりキマッてるのを隠しながら、アキロブが来る方向に背を向けつつ、すばやく二吸いしてから振り返る。アキロブはおれから二十歩くらい離れた位置にいて、距離はだいぶ縮まっていたが、おれに気付いてないようだ。携帯で話している。あまり陽気な会話じゃない。人生で似たような会話を十分してきたから、おれにはわかる。おれのそばを通りすぎたところでアキロブは電話を切る。泣いてるみたいだ。おれはアキロブのあとをついていく。急いで。でも走らずに。焦りを見せたくない。かなり近くまで来てからアキロブに、「すみません」とついアメリカ人訛《なま》りで声をかける。年寄りのアメリカ系ユダヤ人が「すみません」とヘブライ語で声をかけてくると、すぐに英語に切り替えるとわかってて身構えるときみたいに。アキロブは視線をおれの方に向ける。が、おれに気付かない。「落ちましたよ」と言いながら、すかさず火を点けたハッパを差し出す。すると、やっとピンとくる。アキロブはニコッとして受け取る。目の前まで来ると、あきらかに涙目なのがわかる。「すごい」と、アキロブは言う。「ベストタイミングで現れたわね。天使みたい」「なんで『みたい』なの?」とおれ。「天使なんだぜ。神さまが遊歩道のポジションにおれを配置したんだ」「ハッパの天使?」アキロブは微笑むと、口から小さな煙の雲を吐きだす。「願いを叶える天使だよ」とおれ。「君が来る五分前にアイスをねだる女の子がここを通って、その前には目が見えるようになりたいって願う盲人が通ったんだ。で、今回やむなく大麻常習者《ポットヘッド》にひっかかっちまったぜ、どうしてくれる?」おれはウケをとるのに成功する。つまり、ハッパとおれの連携プレーによってアキロブからウケをとったのだ。アキロブはハッピーで、おれもアキロブと一緒にいられてハッピーで、ほんの一瞬、おれは人の役にたっていると感じる。

吸い終わるとアキロブはありがとうと言って、どっちへ行くのか聞いてくるが、おれはアキロブと一緒に吸いながら歩いてきて自転車から遠ざかってしまったのに気がつく。一瞬嘘《うそ》をつこうかと思ったが、正直に言おうと決める。アキロブに、二人が会った場所に自転車を繋《つな》いでるんだけど、吸いながら話しているうちになぜかここまで来てるのに気付かなかったんだと言う。「毎日来てるの?」とアキロブは聞く。

おれはうなずく。「そっちは?」

「来ないといけないのよ」とアキロブは肩をすくめて南のベイトギボールの方角を指さして、「あそこで働いているの」と言う。

おれは仕事が終わるとこの遊歩道に直行して、その日の最初の一服を日没にキメるんだと言う。以前、ある女性から夕陽が沈むのを見ると心が開くのよと言われたことがあって、おれの心はもうずっと長いこと閉じちゃってるから、毎日かかさずここに来て心を開こうとしているんだよねと言う。

「でも今日は遅れたのね」とアキロブは言って、携帯の時計をチラッとみる。

「今日は遅れたんだ」とおれはうなずく。「遅れてラッキーだよ。じゃなきゃおれたち会わなかったしさ」

「もし明日の日没にここに来たら、またハッパを一緒に吸うって約束してくれる?」とアキロブは聞く。

おれは一瞬立ち止まってアキロブの目を探る。これは脈ありなんじゃ、もしや彼女、おれをナンパしようとしてるんじゃ。だが、それは誤解だ。ハッパがやりたいだけだろう。今日アキロブの足を止めた時も、ハッパのおかげでおれだって気付いたんだ。「もちろん」とおれは言う。「決まりだね。なんでかって? 一人より感じのいい人と吸うほうが楽しいしさ」

日没にアキロブと一緒に吸いはじめてもう五日経つ。五日間でおれはまだアキロブのことをほとんど何も知らない。ヴィーガンだけどたまに寿司は食べること、英語がうまくて、フランス語もしゃべれることは知っている。というのも、おとというざったいフランス人旅行者がおれたちにつきまとい、アキロブが流暢《りゅうちょう》なフランス語で港までの行き方を説明したからだ。最初の方でアキロブが、ハッパは合法じゃないし短期的な記憶力がやられるという理由でダンナからは吸うのを禁止されている、と言ったから——指輪はしてないが既婚者だってことも知ってる。「で、なんて返事したの?」とおれは聞いた。ダンナの弱点を摑めるのではと思ったのだ。「わたしにとって合法かどうかなんてどうでもいいわ」とアキロブは肩をすくめる。「短期的な記憶力がやられるって? ……もともとキープしなきゃって思うほどの短期的な記憶力なんてないしね」よし、これは愚痴っぽい。どっちにしろアキロブが何かを背負いこんでいるのは明らかだ。ハイになっててもダンナについて決して言わないことがあり、その口の堅さはおれにとって気丈な人間を、気丈でぐだぐだ言わない人間を意味する。で、それは——ひと昔前の厳格な風紀係っぽくもある。

実際にハッパを吸っている時に警官が近づいてくるのは人生で初めてで、とくにそいつは怖かった。背は低いがボディービルダーみたいな身体つきで、首は電柱くらい太く、胸板にピタッとしたチェック柄の袖なしシャツを着ていた。おれの目の前に警官証を突き出し、悪意たっぷりに、何を吸っているか聞いてもいいかと言ってくる。アキロブはすぐにおれの口からハッパを取り上げてひと吸いし、警官の目の前にフーッと煙を吐きだしながら「マルボロライト」と言うと、ハッパを遊歩道の手すりの向こうの砂浜へ放り投げ、ポケットからマルボロライトの箱を取り出すと煙草の一本に火を点けて、箱を警官に差し出した――「吸います?」

「何考えてんだ」と警官は声を上げて、差し出された手をはねつける。「おれをバカだとでも思ってんのか?」

「答えるのはよすわ」アキロブはにっこり笑う。「だってわたしは法律を守っていて、公務員を侮辱するのは違法だもの」

「身分証」と警官は声を荒らげる。「今すぐ身分証を出せ」

アキロブは財布から運転免許証をひっぱり出し、それと一緒に名刺も渡す。「とっておいて」とアキロブは言う。「わたし弁護士なの。あなたの顔つきから判断するに、不法移民を殴って法的なアドバイスを必要とするまで時間の問題だわ」

「お前の会社は知ってる」と警官は言って名刺を歩道に捨てる。「金さえ十分にあれば、ああいう最低のクズどもをすすんで弁護するらしいじゃないか」

「その通りよ」とアキロブは言って投げ捨てられた名刺をあごで指す。「でもたまには、そのクズどもを無料で弁護することもあるのよ」

警官は答えない。警官はゴミと砂が混じっている砂浜を見ようと、手すりに近づいていく。下まで降りて、砂浜を汚している多くの吸い殻の中におれたちの吸いさしを見つけようかどうか迷ってるのが顔に書いてある。「あきらめないで」とアキロブは警官に言い放つ。「よく探せば――せいぜい一時間で見つけられるわ。それを科学捜査班に持って行けば、わたしの指紋を識別できるかもしれないし、長官のところに行ってハッパの吸いさしについて立件したいって言えるわ。二重殺人事件は解決できないかもしれない、でも……」「このクソ女が」と警官はアキロブに吐き捨てる。すぐにアキロブは続ける。「それにくらべて、警官が弁護士に暴言を吐くっていうのは――問題としてはより深刻だわね」と言いながらおれにウィンクする。「失せろ」と警官が言い捨てる。おれはすでに自転車がある方向に一歩踏み出していたが、アキロブがおれの手を握りしめて引き止める。「そっちが失せなさいよ、ポパイ」とアキロブは言う。「わたしがあんたから詳細を聞き取って警察の捜査部に足を運ぶって決心する前にね」警官が凄まじい目つきでおれたちを睨むと、おれの直観はずらかれと言うが、アキロブのぎゅっと握る手が、行かないでと言ってくる。アキロブの手は汗ばんでいて、手を握ってるだけで緊張が伝わってくる。警官は悪態をつきながらその場を立ち去り、十分に遠ざかるとアキロブはしゃがんで名刺を拾った。「ふざけんじゃないわよ」とアキロブはぶつぶつ言う。「あいつのせいでハッパを半分無駄にしちゃったじゃない」それから慣れた手つきでフィルターにするために名刺を破く。「あと一回分ある?」とアキロブは聞く。おれは、ない、だけどおれんちは近いから寄ってきなよ、ともう少しで言いかけたが、アキロブには嘘をつきたくないと思わせる何かがあった。おれたちは遊歩道のベンチでもうひとつハッパを巻いた。「弁護士イリス・カイズマン」と書かれた三枚目の名刺はフィルターに変わり、残りの二枚をおれは自分のポケットに入れた。

金曜の夜は母親の家にいる。兄のハガイは娘のナオミを連れて来る。家に入った瞬間から二人は喧嘩《けんか》の真っ最中だとわかる。自分はなんでも知っているとつねに自信満々の兄貴と喧嘩するのは簡単だ。生まれつきそういう性格だし、ハイテク産業で生み出した巨額の金も事態を悪くする一方だ。二年前にナオミの母親のサンディが癌《がん》で死んだショックも兄貴を丸くはしなかった。十七歳になるナオミは美人で、亡くなった母親のようにスラッと背が高く、歯列矯正の金具を入れているが、見た目も話し方も子どもには見えない。晩飯の時ナオミは熱に浮かされたように永遠に生きる不老不死のクラゲの一種について話す。クラゲは成長し、交尾して、また赤ん坊になるので、終わりがない。「絶対に死なないのよ」とナオミは言い、気持ちの昂《たかぶ》りと歯列矯正が相まって、ハガイとおれの顔にちょっとつばが飛ぶ。「考えてみて。その遺伝子の構造を深く学べば、あたしたちも永遠に生きられるかもしれないのよ」

「正直言って」とおれはナオミに微笑む。「おれにとっては六十年も七十年も長すぎるくらいだよ」

ナオミは一年後にはスタンフォード大学まで飛んでって、生物学の学位を取るつもりだ、と兄貴が言い捨てると、母さんはすぐさま「いいじゃない、将来は研究者だわね」と言う。

「何がいいじゃない、だ?」とハガイは食ってかかる。「みんなのように、まずは兵役だと言ってるんだ。兵役を終えたらやりたい勉強に金を出すってな」

「ありえない」とナオミは言い張る。「あそこに求めるものなんてなんもないもの」「あそこに求めるものはなんもないってどういうことだ?」ハガイがヒートアップしてくる。「兵役なんだぞ、ザラの店舗じゃないんだ。誰も品ぞろえや服が似合うという理由で行く訳じゃないんだ。おれが税金になんか求めてるか？　どのみち毎回払わなきゃいけないんだ。そうだろ？」ハガイは後押しを期待して、視線をおれに向ける。いつもいい兄貴で弟に貸しがあるからという理由じゃない。兄貴はそんなタイプじゃない。自分が正しいからだ。

「兵役になんか就かなくたって大丈夫だよ」とおれはナオミに言う。「スケベな司令官にコーヒーを入れるより、クラゲについて研究した方がよっぽど世の中に貢献するしさ」

「そうだな。おじさんのアドバイスをよく聞きなさい」とハガイはおれを蔑むように言う。「なんてったって人生で大成功をおさめた奴のアドバイスだからな」

晩飯が済んで、ハガイとナオミが帰ると母さんがケーキをもうひと切れ持ってきて、すべて順調か、誰かとデートしているかと聞いてきた。すべて順調で、学校側はおれの仕事ぶりにかなり満足していて、最近は弁護士の女性とデートしてると言う。おれは母さんにほとんど嘘をつかない。母さんはありのままの息子を受け入れないといけないただひとりの人間だから、嘘をつく必要がないのだが、この嘘は母さんのためじゃない。自分のためだ。それは、数分間だけでも実際の人生とは違う人生を生きてると想像するためだ。出会い系サイトでひっかけてきた「恋愛感情抜きのバツイチ」じゃない女と夜にベッドで温め合っていると想像する数分間のために。玄関で母さんはもう一度、「ハガイは悪気があって言ったんじゃないからね」と言い、母さんをハグするとジーンズのポケットに札を突っ込んでくる。ハガイがおれに怒りをぶつけるたび、母さんが千シェケルくれる。するとおれは仕事をした気になるのだ。

タクシーを拾ってアパート近くのコンビニまで行き、髪をブリーチしたエチオピア人のレジ係が、ロシア産とラベルに書いてあるのにスコットランド産だとゴリ押ししてきた安物のウイスキーを一本買う。家でボトルの半分をグイッといく。そのあと出会い系サイトから四十六歳の日焼けした女が来る。女はヤるまえに正直に言うのは大事だと言い、あたしは癌を患っていておそらく先は長くないのと言う。それから息を吸い込んで、「というわけ。話したわよ。気に障るようならしなくていいから」と言う。「マジ気に障るぜ」とおれは言い、彼女がイく時絶叫すると、二階の住人が降りて来て扉をドンドン叩く。それから一緒に普通の煙草を吸うと、彼女はタクシーを拾って家へ帰る。

休み明けの日曜は普段は一番嫌な日だ。いつもそうだったわけじゃなく、働きだしてから嫌になった。学童保育の前は五年間なんもしてなくて、全部の曜日が同じくらい嫌だった。ほんと言うと、曜日の区別なんてぜんぜんついてなかった。昼ごろ起きると時計を見てハシシは、ハッパは、金は残っているか、携帯とカギをどこに置いたか覚えているかを自問した。今日は何曜日かなんて疑問はほぼわかず、母さんの家へ行く金曜以外は、「寝て起きて食ってクソしてテレビ見てたまにファック」という、どろどろのひと固まりみたいだった。仕事はそれを正した。曜日を区別した。突如として、月曜は舌ピアスをした美人インストラクターのダブカサークルの日になり、水曜は子どもたちは嫌がるが、おれにはゲウラばあちゃんを彷彿とさせる甘ったるいトマトソース煮ミートボールの日になった。木曜は校庭でサッカーをし、子どもたちがおれのことを七歳児の裏をかくただの疲れた大人じゃなく、クリスティアーノ・ロナウドみたいに見つめる日になった。で、嫌な日曜は、学童保育の経営者であるマオールが半ナチ式命令を下す日で、また一週間おれたちの目の前から姿を消す前に、保育スタッフ一人ひとりに嫌味を言ってくる日になった。だらだらした土曜のあとはいつも気分がサガる。だが今回は、今回ばかりは働き出して初めて日曜が待ち遠しかった。日没に、遊歩道に、アキロブとのハッパ。それは性欲からでも、見返りを期待してるからでもない。それはホントの恋しさだ。自分が全く知らない人間への恋しさ。それは気分が上がると同時に、プライドが傷つくような感覚だ。とりわけ恋しさというのは、自分の人生がどれだけ空っぽかという証拠だから。

しかし、アキロブは日曜に来なかった。暗くなるまで、暗くなってからもかなり待った。月曜も火曜も待った。一人でハッパを吸いながら、彼女は遊歩道で何回か一緒に吸っただけの女性なんだ、おれの婚約者や腎臓を寄付した女性ではないと自分に言い聞かせた。しかし、それも効果はなかった。

水曜日、子どもたちが生ぬるいミートボールと格闘した後、ラビブがいないことに気がつく。マオールから一時間ごとに人数を数えろと言われていたにもかかわらず、おれは一度も数えたことがない。でも、ひとり欠けてるとだいたい気がついて、ユーリに聞くと、子どもが何人か体育館の裏に行くのを見たと言う。許可なく教室を出るのは禁止されている。体育館に向かいながらラビブに与える罰を考えるが、かわいそうになって、やめようと思いなおす。体育館裏にある走り幅跳び用の砂場でラビブが泣いてるのが見え、そこからさほど離れていない位置に、おれが受け持っているグループでもっともたちの悪いリアムというガキが砂場にうつ伏せになっていて、顔だけは知っているチリチリの赤毛がリアムに馬乗りになって背中にパンチを食らわせてる。ガキのパンチ。テクニックなんてほとんどない怒りまかせのパンチだ。なんでそんな事態になったのか理解できないまま、おれは心の中で赤毛の味方をする。リアムが迎えに来た父親と話しているのを聞けば一分後にはぶん殴りたくなる。このガキは話すというより命令するだけで、しかも、いつもはったりなのだ。二言目には母親に、先生に、校長に言いつけると脅す。

　赤毛は殴り続けている。おれはダッシュで駆けつけて止めに入るべきだとわかっている。教室からいなくなっただけでもおれのヘマなのに、このパンチとくれば百パーおれの責任となる。とりわけリアムの母親は父母会の理事だ。なのに赤毛がリアムを滅多打ちにしてるのを見てると、もう一発殴られるまでちょっと待てと自分の内で言う声がする。

　今週はいい一週間じゃなかった。マジで終わってた。見苦しいほどアキロブを待ったりして。女だって一人も連れ込もうとしなかった。赤毛のパンチはまちがいなく今週唯一のハイライトで、ほんのちょっとお楽しみがプラスされたところで誰も気付きやしない。そんなことを考えていると、赤毛がリアムの背後に立つ。そろそろ終わりかと思うと、赤毛は一歩下がってからリアムの頭に蹴りを入れる。おれは赤毛に向かってダッシュしつつ、ラビブがおれを見てるのに気がつく。おれが何もせずにずっと眺めていたのを見ていたのだ。できるだけ速く走って赤毛との短い距離をつめたが、それは焦りだけでなく、あとになって見まちがいだったとラビブを少し混乱させて、おれが止めに入らずに見てたなんてありえない、だってあんなにダッシュしてたじゃないかと思わせるためでもあった。

　おれは赤毛のもとに駆けつけると、本気じゃないがリアムから遠ざけるくらいの力で押して「何やってるんだ？　頭がおかしくなったのか？」と声を上げる。それからリアムの状態を調べようとかがみながら、横目でラビブがおれを見つづけているか確認する。リアムは上唇から血を流して意識がないようだ。赤毛はリアムの傍らに突っ立って、ぶつぶつ文句を言ってる。リアムがカードゲームでズルをしたので、カードを返せと言うと、お前の目はうんこ色でお前のパパは職なしだと言ったんだと赤毛は言う。赤毛の言い方からすると「職なし」という言葉もわかってない。リアムに話しかけてそっとゆすってみたが、反応がないのでかなり焦る。怯えている赤毛にそこを動くなと言って、リアムの顔を濡らそうと水道まで走って行く。水を汲んで引き返す途中で、「お前なんか学校から追い出されるからな、この負け犬が。すぐにぼくのママが助けてくれるんだから」とリアムがわめいてるのが遠くからでも聞こえる。リアムは地べたに座り込んだまま手で顔をおさえていて、そばに立っている赤毛は全身を震わせて泣きじゃくっている。すると突然、ユーリがやってくる。おれが子どもたちを置いて教室を出たあと、子どもの一人がおれのポーチの中にライターを見つけて、廊下にある初代首相ベングリオンの写真の厚紙に火を点けたらしい。ユーリは、どうやって火を消したかを、まるで燃える家から赤ん坊だけは救出したみたいに話す。おれはリアムの顔を水で濡らす。すると、やっと落ち着いてきたみたいで、唇の出血もおさまってくる。赤毛は泣きっぱなしだったが、おれは気にならない。気になるのは、教室に戻ってもおれをじっと見つづける洟たれラビブだけだ。不動産鑑定士でほとんどの時間自宅にいるリアムの父親に連絡すると、五分も経たずに到着する。リアムは父親に、来るのが遅い、ママに言いつけるとわめいて、それから赤毛のことを話す。リアムはあの手この手で嘘を盛り込んで、赤毛が石でリアムの頭を殴ったことになったが、おれは割り込まない。こっちに突っかかってこない限りは黙ってるほうがいい。そのあと、眉毛がつながった双子の母親が到着する。アルゼンチン訛りがある母親は双子を試験管で妊娠したが、双子を見るかぎり原始人の精子を使ったにちがいない。

しまいに、おれはラビブと二人きりになる。今まで許可したことなんかないのに、おれのアイフォンでゲームするのを許し、数日前にダウンロードしたゲームでラビブが人類を殺戮《さつりく》しているあいだ、さっきのことを話そうとする。「許可もなくリアムと教室から出てったのはよくなかったな」と、いいお母さんふうにやさしい口調で、責めてるわけじゃないが、反省を促すような調子でおれは言う。「お母さんには内緒にしとくから」と続ける。「だけど、もうしないって約束してほしいな」

するとラビブはゲームから顔を上げずに、「ぼく見たよ」と言う。

「見たって何を?」と、ラビブの言葉がさっぱり理解できないみたいにおれは聞く。

「ぼく見たよ」と、ラビブはもう一度言う。「ガブリがリアムをぶった時。笑ってたよね」

「笑ってない」と、おれ。「笑ってない。走ったんだ。二人を引き離すために一生懸命走ったんだよ」

だが、もうラビブは会話をやめて、ゲームに集中している。動くものすべてをレーザーで撃ち落としている。

五時過ぎにラビブの母親が到着するとおれは、いつものように遅いと咎《とが》めたりしないで、「かわいいお子さんですね、もうホントに」とだけ言う。そばにいるラビブに聞こえるように。

遊歩道に着くまでの五分間にマオールに二回電話をかけるが応答はなく、向こうからのメール着信が一回ある。メールには何も書いてない。あのクソ野郎は怠け者すぎて、おれが見たあとかけなおすように何も書かずに空メールを送ってきやがった。最初に吸ってからおり返すか、その逆にするか迷う。一服したあとならマオールとの議論がぎすぎすせず、不快感を発泡スチロールとプチプチにくるんでくれる。一方で、マオールと話す時は研ぎ澄まされてないといけない。急いで返事する必要があるし、その場で一、二個嘘を考えだすのはどうだろう。おれは二番目の選択肢でいくことにし、素面《しらふ》のまま電話をかける。

マオールは電話越しに怒鳴ってくる。リアムの母親が連絡してきて、ほかの親たちを味方につけて、来年には学童保育をなくすよう働きかけると脅してきたらしい。母親はマオールに、ときどき昼食が凍ったまま出されることも含め、一年間に起きたいくつかの事例を集めて、すべて公《おおや》けにすると断言した。マオールは、母親が本当に実行すれば何十万シェケルという損になり、それもこれもおれのせいだと言う。リアムは脳震とうを起こしたから明日は学校に来ない。マオールは、明日の朝、学童保育の前にお菓子か小さなおもちゃかなんかのプレゼントを持って、リアムの家に寄り、母親のご機嫌をとってこいと言う。マオールとの会話は発掘作業みたいにかったるい。言うことをすべて十回繰り返し、おれは最初に吸わなかったことを悔やむ。電話を切る前にマオールはもう一度おれを脅す。もし来年学童保育のフランチャイズが取り消されたらおれを訴えると言い、おれはマオールに、落ち着いてくれ、明日母親のところに行ってちゃんとゴマをすってくるから、と言う。会話が終わるころには夕陽は沈んでいた。おれは暗闇の中で座って、素面《しらふ》のままぼーっとする。太陽が沈んだ瞬間は見苦しい観光客と浜辺のレストランから流れてくるひどい音楽以外はなにもない。明日、おれはアラームをセットして、世界一嫌いなガキにプレゼントを買う時間を確保するために早起きしないといけない。今週は悪いことから始まって、そっからさらに悪くなっていった。

「陽が沈んで、もう帰っちゃったのかと思ってたわ」とアキロブが言うのが聞こえて首に息がかかるのを感じる。もしくは少なくとも想像ではそう感じる。

「陽が昇り、陽が沈み、日曜日からずっと君を待ってたんだ」おれはニコッとしながら言うが、前向きな発言をする代わりに、みじめでキモいひと言が口をついて出たことで、すぐ自分で自分が嫌になる。

「ごめんなさい」とアキロブは言って隣に腰をおろす。「今週は職場でひどい揉《も》めごとがあったの。職場だけじゃなくて私生活でも」

何があったのか聞きたかったが、アキロブは話したくなさそうだったし、話してもこの場がかえって気まずくなるだけだと気付き、話を掘り下げる代わりに「本日のお楽しみ」を取り出す。ひと吐きしてアキロブに渡すと、アキロブはジャンキーのように吸いこむ。「もう五日間も、この一服のことばかり考えてたわ」とアキロブはニコッとしてハッパを返してくる。おれは受け取らない。「吸いなよ」とおれは言う。「死ぬほど吸いなよ」アキロブは少したためらってから吸いつづける。「大変な一週間だったんだ?」とおれはアキロブに言う。アキロブはうなずいて鼻をすする。風邪を引いてるのか、泣かないようにしているのかはっきりしない。「おれにとっても、いい一週間じゃなかったんだ」とアキロブに言う。「こんなに長いことお互いに会わないのは体に悪いよ。二人の業《カルマ》が狂っちまうぜ」

「ねえ」とアキロブは微笑む。「折り入って頼みがあって……」そう言いながらアキロブが鞄をごそごそ探っているあいだに、彼女がまだおれに頼めることってなんだろうと考える。「あなたを雇いたいの」とアキロブは言って、鞄から財布を取り出す。

「なんのために？」とおれは微笑む。「ボディガード？　ベビーシッター？　プライベートジェットのシェフ？」

「子どもはいないわ」とアキロブはため息をつく。「食事もそんなにこだわらないし、自分のことは自分で守れる。今とまったく同じことを続けてもらうためにあなたを雇いたいの。日没のたびにこの遊歩道まで来て、わたしが遅れたら少し待っててほしいの。そんなに長くなくていいから、最長で一時間。で、一緒に吸ってほしいのよ」そう言いながらアキロブは財布から引きぬいた札を数える。「はい」と百シェケル札で一杯になった手を伸ばしてくる。「ここに二千シェケルあるわ。三週間分で二千。どう？」

「どう？」おれは時間を稼ごうとして彼女の言葉を繰り返す。「おれが何を言いたいかというと、どっちみち毎日陽が沈む時はここにいるし、一人より一緒に吸ったほうが楽しいに決まってる、だから、君の都合のいい時に遊歩道でほんの十五分くらい一緒にたのしい時間を過ごすのに金を払ってくれるのはありがたいけど、友達と会話するのに金をもらうってのは……」

「でも」とアキロブは言う。「わたしたち友達じゃないわ。三週間もするとわたしはここから姿を消して、それ以上わたしたちが会うことはないもの。これからの三週間はわたしの人生で一番厳しい時間になると思う。だけど毎日あなたと一服すれば、ちょっと気楽になれるのよ」札を持った手はまだ伸ばされている。「もしよかったら」とおれは言う。「君のために二百か三百シェケル分くらいのハッパを買ってこれる。それを吸ってりゃ一か月は保《も》つぜ」

「買ってきてほしいわけじゃないの」とアキロブは言う。「一緒に吸ってほしいの。ハッパを自分で持ってるわけにはいかないのよ。ダンナにこれ以上買わないって約束したから」

「ダンナにはもう吸わないって約束したんだろ」とおれは言いなおす。

「わかってるわ」とアキロブは突然泣きだす。「だけどあなたとってことだと話は別なのよ。もしダンナに見つかったとしても、なんていうか、道であなたと出会った時にちょうどあなたが吸ってたからわたしも吸った。それって買うのとはちがって……」

おれは金を手に取る。アキロブに泣いてほしくなかった。「わかったよ、ボス」とおれはウィンクする。「商談成立ってことで。でも二千シェケルはドラッグ代のみで、セックス&ロックンロールは追加料金ね」

ようやくアキロブは笑って、笑いと涙が同時に入り混じる。アキロブがどんな困難を潜《くぐ》り抜けているのか知らないが、なんだか映画みたいで、おれたちのあいだには何もないのに、おれはアキロブを助けたかった。「一つだけ条件がある」と金をポーチに押し込みながらおれはつけ加える。「なんで三週間経ったら姿を消すのか教えてほしい。なんだか訳ありっぽい言い方に聞こえたんだ。それに……雇われる身としても知っておく権利があるんじゃないかな」

「言うわ」とアキロブは言って顔を手で拭う。「約束する。でもまた今度ね」

携帯のアラームが鳴って十一時に目が覚める。歯を磨いてひげを剃《そ》り、夜のハッパを準備する。すべて記録的な速さで。リアムに何か買って、わざわざ家まで行かなきゃならないし、全部の用事を一時間半以内に済まさなきゃならない。リアムが学校のすぐそばに住んでいるのは不幸中の幸いだ。

ピンクのスウェットの上下を着た母親が、渋い顔をして扉を開ける。「リアムの様子を見に来ました」と、おれは心配を装って言う。

「昨日、リアムがひどくぶたれる前にちゃんと見てもらえなかったのが残念です」と、母親は低いドスのきいた声で言う。「わたし、いまだに、ほぼ一時間も教室から子どもがいなくなってるのにどうして誰も気付かなかったのか、理解できません」

いつも嘘をついて脱走する子どもより、他人を尊重する子どもを見守るほうが簡単だと言おうかと一瞬思ったが、昨日のマオールとの打ち合わせが記憶にあたらしかったから、代わりに、ちょうど同じ日にクラスの別の子どもが家からライターを持って来て廊下で厚紙を燃やすという滅多にないケースを処理するのに追われていて、リアムがいなくなったと気付くのに時間がかかったと謝罪口調で説明する。「これだけは言わせてください、ロズナーさん」とおれは母親に言う。「このために一晩中眠れなかったんです。これは不運なミスでして、面と向かって謝罪させてください」「あなたが謝罪するべき相手はわたしではありません」と、母親は若干怒りが収まったような声で言う。「意識がなくなるまでぶたれて、まだ身体中の痛みに苦しんでいるのはわたしではありませんから。リアムにちゃんと謝ってください」親の寝室のベッドに座って、ロボットと宇宙人がサッカーゲームをする日本製アニメをテレビで見ているあのクソガキのところまで連れていかれる。リアムは上唇が少し腫れている以外、なんともないように見える。「リアム」と母親がさとすような調子で言う。「お見舞いにみえたわよ」

「今だめ」とリアムは画面から目を上げずに言う。「今取り込み中」

「お土産を持って来てくれたわよ」と、母親は子どもの気を引こうとする。「スペース・レゴよ」

「レゴ嫌い」とリアムは言う。

「やあ、リアム」とおれは割って入る。「様子を見に来たよ」

「今取り込み中」とリアムはまだ画面から目を離さずに言う。「そのレゴ、交換レシートついてる？」

玄関で母親は礼を言い、明日校長とマオールと会議がある、事件を黙って見過ごすつもりはないとつけ加える。「リアムには兄が三人おりますが」と母親はしみじみと言う。「親として、我が子がここまでひどい目にあったことなんてありませんでした。七歳児が石と棒で襲われてるのに、誰も止めに入らないなんてこと」

このままだと母親と喧嘩になりそうだと気付いて、あわててうなずく。自分が親でも同じことをしますとおれは言う。「いいお子さんですね、ロズナーさん」と別れ際におれは言う。「リアムが今回の件を無事に乗り越えてホントによかったです。それが肝心ですから」階段の踊り場でもう、リアムの家に行った、母親はまだ怒っているが、明日の会議までには落ち着いているだろうとマオールにメールする。返信がないのはいいサインだ。マオールからメールか連絡がくる時は、悪い話に決まってるのだ。

学童保育の一日は何事もなく、張りつめた状態で過ぎていく。子どもを迎えに来る親一人ひとりが何か一言言っては去っていく。心配だ、とか、よくない、とか。誰もおれを責めないが、学童保育と学校に不満をもってる。双子の母親は、ブエノスアイレスではこの人数の子どもなら少なくとも二人は保育スタッフを置くと言い、海軍将校でいつも制服姿で娘を迎えに来るノヤの父親は、すべては家庭の躾《しつけ》に始まると言う。おれは一人ひとりにうなずき、つらそうなふりをする。明日のマオールとの打ち合わせは、怒号と脅迫だらけだってわかってるが、この学校の体質じゃ、深刻な事態には一切ならない。赤毛の親が頼りなくて言いなりだったりしたら、赤毛は何日か停学になるかもしれないし退学もありえるが、ラビブさえしゃべらなければおれは生き残れそうだ。

ラビブとおれはいつもどおり最後まで残される。君の好きなゲームの最新版をダウンロードしたんだけどやりたいかとラビブに聞く。ラビブはニコッとして、おれのアイフォンに手を伸ばす。渡す前に、やるのはいいけど秘密だぞ、もし他の子に言ったらみんなやりたがるだろうけど、みんなには渡せないからと言う。ラビブはちょっと考えてからうなずく。アイフォンを渡すと、ラビブはゲームを始める。ゲームをやっている最中に、秘密を守るのは得意かと聞く。ラビブは答えない。質問のせいなのか、ゲームに夢中なせいなのかはわからない。数秒後にアイフォンは陽気なメロディーを鳴らす。ラビブはレベルアップしたようだ。

「やったね」とおれは言う。「ホントに得意なんだな」

「なんで、リアムがぶたれていた時笑ってたの？」ゲームから顔を上げずにラビブが聞く。

今度はおれが少し黙る番だった。嘘をつけとおれの直観は言う。おれの直観はいつも嘘をつけと命令する。だけどアキロブの時みたいに、おれはその命令を無視する。「それはおれが、リアムはいっ好きじゃないからだ」とついにおれは言う。「お仕置きされたほうがいいってくらいリアムはいっぱい悪いことをしてきたし、悪いことしても平気な顔してる。ガブリがリアムをぶっているのを見て、そう言っちゃまずいけど、うれしかったんだ」

ラビブはゲームから顔を上げ、大きな目でおれを見つめる――ゲームは続行中で、ラビブがそのあいだに失格になったのが聞こえたが、もう興味を示さない。「リアムは何したの？」とラビブは聞く。「お仕置きされたほうがいいって、どんな悪いことをしたの？」

「いろいろ」とおれは答える。「でも、特に弱い子をいじめるのが困るんだ」ラビブはおれから目をそらさずに手の甲で鼻水を拭く。「でも、弱い子をいじめるのはリアムだけじゃないよ」

ラビブは言わなかったが、それがおれを意味していると二人にはわかっている。

「そうだね」と、おれ。「弱い者いじめなんてひどいよな」

「じゃあ、なんでいじめるの？」とラビブ。ラビブは怒ってるわけじゃなくて、純粋に好奇心から聞いている。

「わかんないな」とおれは肩をすくめる。「たぶん、大体いつも、おれは弱虫だって感じてて、だから誰かをいじめると強くなった気がするんだ」

ラビブはうなずく。おれを理解したようだ。

遊歩道は寒くて風が吹き荒れている。空は真っ黒で、今にも洪水が来そうだ。おれはコートに身をくるんでアキロブを待つ。今日はアキロブに雇われた初日だ。アキロブは遅れたが、ひどく遅れはしなかった。ニット帽をかぶっている。若い女が帽子を被るのはたいてい好きじゃない。教育番組のお姉さんか、やけに張りきっている女か、レズビアンに見えるからだが、アキロブにはホントによく似あっている。緑色の目がよく引き立っている。風が強すぎてハッパに火が点かないから、どっかの階段の踊り場を見つけようと提案する。ヤルコン通りの放棄された建物の階段の踊り場で一緒に吸ってると雨が降りだし、今この瞬間、遊歩道で雨に濡れている自転車のことをおれは考える。「サイアクな日だ」と言うと、何か外で濡れているものが彼女にもあるみたいにアキロブはうなずく。おれは今日あったことを話す。リアムとリアムの母親について、洗いざらい。アキロブはおれに、今の仕事が好きかと聞く。おれは一瞬黙る。そんな質問をされたことはなかった。「好き」と言っていいかビミョーだけどとおれはやっと答えて、大人と関わる仕事より好きなのは確かだと言う。子ども相手だったらサンドイッチを一口かじったり、くすぐったりできる。大人相手だともっと複雑だ。

アキロブは鞄から紙に包まれたサンドイッチを取り出す。「食べる?」とアキロブは聞く。「朝つくったの。ツナ入りよ」

腹は減ってない、代わりにくすぐっていいか聞く。アキロブは笑う。「クビになりそう?」と、サンドイッチに直にかじりつきながらアキロブは聞く。

「わからない」と、おれ。「明日のマオールとの打ち合わせではっきりするんじゃないかな」

「わたし、子どもは苦手なの」とアキロブは言う。「嫌いじゃないんだけど、ただどうやって仲良くなったらいいかわからないの。出会った日からずっとオデッドは子どもの話をやめなくて、わたしはただ時間稼ぎをしていて」

おれはオデッドというのがダンナかどうか確認し、今日までアキロブが「ダンナ」と呼んでいたこと、初めてダンナを名前で呼んだことを指摘する。「たぶん自分のダンナだって自信がなくなってきてるんじゃないかな」

「どういう意味?」とおれは聞く。

「複雑なの」とアキロブは言う。「この雨、まだしばらく降ると思う?」なんであとちょっとしたら姿を消すのか、その理由を教えてくれるはずだと言うと、アキロブはうなずいて、今日は言えないけどそのうち教えると言う。「明日が無事に終わるといいわね、クビにならないといいわ」とアキロブは言って、雨の中に出ていく前におれの頬にキスをして、よい週末をと言う。
おれは階段の踊り場にもう数分一人でそのまま残り、ラビブのこと、明日の打ち合わせのこと、若干ダンナ度の下がったオデッドのこと、アキロブのキス、ツナの香りがするフレンドリーなキスのことを考える。雨はどんどん強くなっていき、待つのに飽きたところで外に出る。

次の日、四時になってやっと目が覚める。仕事がない日は携帯のアラームをセットしない。画面を見ると母さんからメッセージが来てて、今週末は兄貴が職場で知り合った女性と旅行に行くから、今晩は二人だけで夕飯になると書いてある。メッセージの最後に女子高生みたいにびっくりマークを三つ付けてる。母さんは兄貴が再婚することだけを夢見ている。ハガイがおれたちにつらく当たってくるのは全部孤独のせいで、やさしく包み込んでくれる女性が現れれば、すぐ王子様に変身するって、なんとなく信じこんでいた。母さんのメールの下に、もう一通マオールからの空メールがある。こっちから連絡を取ろうとしたが、マオールの携帯の電源がオフだったからメッセージを残す。

母さんはいつもより豪華な晩飯を用意している——メイン四品と、ネットで見つけたレシピを見て作ったスポンジケーキのデザート。母さんはハガイの知らせを聞いて嬉しそうで、その気持ちが伝わってくる。おれはワインをいっぱい飲んで、親父がいなくて寂しいという、どっちかというと心温まるような会話をする。母さんは孫の顔を見るまで長生きしたいと常日頃思ってきたと言い、もう長いことばあちゃんであるにもかかわらず、そう言うってことは暗におれの子どもを指している。それから弁護士の彼女は元気かと聞いてきて、おれはイリスはすごく元気で、彼女は実は子ども好きなんだけど、ちょうどおれみたいに子どもをどう扱えばいいかわかんなくてちょっと怖気づいてるんだと言う。「あたしは急いでないよ」と、母さんはにっこりする。「あんたのことはもう長いこと待ったんだし。まだもうちょっと待つよ」

雨は土曜日中降り続いている。おれは布団の中で、アヴリから一か月前に買った安物のハッパの残りもんをたて続けに吸いながらホラー映画を見る。土曜の夜にマオールから連絡がくる。会議は思うようにいかなかったと言い、「お前、ロズナーさんに、子どもが家からライターを持ってきてめちゃくちゃにしたせいで、リアムがいないのに気付かなかったと言ったらしいな」とおれを怒鳴りつける。「なんでだ？　ロズナーさんが会議でその話を持ち出して、校長がユーリのところへ行って事実を確認したんだ。子どもはライターはお前のもんだって言ってたし、火を消したのはユーリだってことを校長が本人から直接聞いた。早い話が、お前、嘘をついたな」マオールは少し黙り、おれが言い訳するのを待つ。おれも黙る。言うことは何もないし、その気力もない。「ロズナーさんと校長は二人とも頭にきてた上に、ガブリ、リアムを殴った赤毛の子どもの祖父は教育庁の役員だから退学させられないとわかって、会議がヒートアップしたところで、ロズナーさんに、誰が事件の責任をとるんですかと聞かれた。早い話、お前をクビにしたと伝えたからな。てことで、明日は来なくていい。学校のオフィスに二月の勤務分の小切手を置いておくから、三月になったらおれに電話してこい。おい、次に嘘つく時は頭を使えよ。じゃあな」マオールは一方的に電話を切ったが、正直おれはそれでよかった。どっちにしろ、仕事が終わることについて気の利いたコメントなど何も思いつかないし、献杯の席で焦ってスピーチしなきゃなんないみたいな状況じゃない。明日はとおれは自分に言う。他の仕事を探しに行こう。バーテンダーとかいいんじゃないか。おれは夜型だし、ただ飲みできるアルコールはトマトソース煮のミートボール以下ってわけでもない。クビになるってのは確かに悔しいことではある。お前は役立たずだ、と言われるのは百パー気分悪い。だけど、月二千八百シェケルの学童保育の仕事はどっちみち長期間続けられるもんじゃない。日曜におれが学童に行かなかったら、どれだけの子どもがおれを寂しがるのか気になるところだが。

朝の三時にアヴリが「起きてる?」とセフレっぽいメールを送ってくる。電話でアヴリと話すと、昨日の夜にアムステルダムから友達が到着して、すっげえ上物を持って来たんだと言う。「ウルトラフレッシュな」と興奮しながらアヴリが言う。「あいつが運ぶために飲み込んだんだ。すぐにクソと一緒に外に出す予定だから。ちょっとそっち寄っていいか?」四時にはもうアヴリはおれんちにいて、おれはアキロブの二千シェケルの残りを使って八グラムを買う。こいつは、吸えばパイナップルにだって恋に落ちるくらい効き目が強いから「パイナップルクラッシュ」と呼ぶんだとアヴリは言う。アヴリの情熱的なスピーチのあとおれたちはひとつ吸い、おれはまわりの物には一切恋に落ちなかったが、思考の彼方へブッ飛んでいく。ラビブのこと、クソガキのリアムのこと、アヴリの友達がパイナップルクラッシュをひねり出したみたいに、リアムを産むというよりクソと一緒に出したにちがいないピンクのスウェット上下を着た母親のこと。そのあとまた少しラビブのことを考えた。だけどほとんどはアキロブとオデッド、若干ダンナ度の下がった夫のことを考えて、いかにアキロブがおれの人生でほぼ唯一の希望の光になっているか、どんなふうにもうじきいなくなると言ったかを考える。すっかりキマってたせいでアヴリが帰ったのにも気付かない。ごみ収集車がアパートの周辺をまわり終わる時間になってやっと眠りこむ。

起きてシャワーを浴び、ハッパをひとつ巻いたあと、遊歩道へ出かける時間にぎりぎり間に合う。雨と風が止み、その夕べはやっとまともな日没になる。ベンチに着くともうアキロブがいる。今日は仕事が早く終わったのだ。アキロブはまずマオールのこと、金曜の打ち合わせの結果を聞いてきて、おれはクビになったけど、たぶんこれで良かったんだと言う。「今、おれの仕事は一個だけだ」と言ってハッパを煙草の箱から取り出す。「てなわけで、一個いっこの作業にマジメに取り組むことにしたからさ。君のために準備した夕陽を見てよ」

夕陽はホントにきれいで、アキロブはなぐさめの言葉が見つからないらしく黙ってしまう。おれは夕陽だけが今日のプレミアムじゃない、モノも特別なんだと言ってアキロブにアヴリのこととパイナップルクラッシュのことを話したが、クソと一緒に外に出した部分は飛ばす。マジで二十年間吸ってるけど、一度もこんな上物を吸ったことはない。何回か吸い込めばとにかくブッ飛べる。

夕陽が沈んだ後もおれたちはベンチに残り、おれはアキロブがなんで姿を消すのか、その理由を話してくれる約束はどうなったかと聞く。アキロブは緑色の賢そうな目でおれを見つめる。相当キマッていたがまだおれをじっと見つめてる。哀しげな笑みのようなものを浮かべ、わたしも仕事を辞めるの、まずい辞め方なのよねと言う。アキロブが勤めている会社は何軒かの犯罪者家族の代理をしていて、そのうちのひと家族には、会社が法的な枠を超えてマネーロンダリングを行っていた。その額は何千万シェケルで、重要人物が相当数関係していたとみられる。アキロブはたまたま関わっていなかった。偶然それを知って、バカ正直に警察に行った。入社した当初はまだ全貌を知らなかった。アキロブが発見した金の処理は一度きりで、関わっているのは関係者のうち一人だけだと思っていた。事態が深刻だとわかった時にはもうアキロブに選択肢はなかった。現在アキロブは証人になっている。何も知らないふりをして毎日オフィスに行き、聞き耳を立てながら追加の資料をかき集め、もう少しして事件が白日の下にさらされるころには、アキロブは証人保護プログラムですでに移動させられ、国外で新しい身元を取得する。行き先もわからない。「オデッドは昨日、わたしと一緒に行かないって言ったわ」と、アキロブは平静を装って言う。「彼、家族との結びつきがものすごく強くて、ここを離れるのは難しいの」「おれが一緒に行くよ」とおれは言い、ふいにアキロブの手を握る。「どこだって一緒に行くよ。サプライズが好きなんだ」

「これ、ホントに強いのね」とアキロブは笑う。

「うん」と、おれ。「でもそれは置いといてさ、喜んで一緒に行くよ。今現在、君はおれのたったひとつの収入源なんだし、君が行っちゃえばそれもなくなるし、新しい場所で再出発ってのは、おれ的にはばっちりだし。南の島に連れてかれたらって想像してみなよ。毎朝おれがヤシの木に登って、君のためにココナッツを割るんだ」

「すごい意気込み」と、アキロブは笑いこける。「わたしたち、入れ替われないのが残念ね」

「入れ替わりたくなんかない」とおれは言って、涙がでそうになる。「一緒にいたいんだ」

　アキロブは下唇を嚙《か》んでうなずいたが、それは「わかってる」のうなずきじゃなくて「わたしもあなたと一緒にいたい」のうなずきだった。それからキスが、世界が自分たちだけのために止まる、長い一瞬がやってくる。が、おれはキスするにはテンパりすぎてた。脳ミソはブッ飛んでて、ちがう場所でちがう名前で暮らす二人を想像するのにいっぱいいっぱいだった。

　一瞬は、思ってたよりあっというまに過ぎる。アキロブは立ち上がって照れたように笑うと、今日はお別れするために来た。というのも予定が変わって十時に迎えが来るので、それまでにダンナと、まだ何も知らない姉とお別れしなきゃいけないからと言う。おれは今さっきの瞬間をどう頭から追っ払えばいいか考えながら立ち上がると、アキロブがアメリカ流のあたりさわりのないハグをしてきて、おれと寝ようとしなかったほぼすべての女が言い放ってきた「あなたは特別な人よ」というセリフを口にする。「さっきのこと、誰にも言わないでね、いい?」とタクシーを止めながらアキロブは言う。「事件が公《おおや》けになったあとでも、言わないって約束してくれる? わたしの状況をもっとややこしくするだけだし、あなたの状況もね」

おれはとっさにうなずいて、一分も経つとアキロブはもういなくなってた。

自転車での帰り道はまだ相当ブッ飛んでて、通りの信号全部と、光と、クラクションが頭の中で混ざりあって、壮大なダンスフロアっぽく感じる。まわりに広がる街全体がお祭り騒ぎに見える。空腹感がこみあげてきたから、ハッパを半量だけ手に入れようと、ノルダウ通りのイエメン人のところにちゃちゃっと立ち寄る。明日、アキロブは遠い場所で、ちがう名前で、ダンナのいない新しい人生をはじめる。それは、おとぎ話のはじまりのようにも、終わりのようにも聞こえる。おれはアキロブが新天地でうまくやると信じていて、どこでだって、おれがいなくたって大丈夫だと信じている。別の男がアキロブのためにココナッツを木から落とすだろう。それか自分でやるかもな。どこへ行こうと——あったかい場所だといい。ハッパを渡すたび、ふたりの手が触れるたび、彼女の指は冷たかったから。

別れの進化

はじめ、ぼくたちは細胞だった。それからアメーバになり、魚になって、長く、とてもじれったい時を経て、トカゲになった。その時期、地面は柔らかくて足元が不安定だったから木に登ったのを覚えている。木のてっぺんで、ぼくたちは安心だった。ある段階になると、また地面に降りて、直立してしゃべりはじめ、しゃべり出した瞬間から、もう歯止めが効かなかった。ぼくたちはいっぱいテレビを見て、それは素晴らしい時期だった。ぼくたちはたいていまちがったところで笑った。みんなそれを見て「なにがそんなに面白いの?」と聞いたけど、全然気にならなかったから、答えようともしなかった。ぼくたちは好きな仕事を見つけようと誓い、見つからなければ嫌いじゃない仕事で満足して、自分たちはツイてると感じ、みじめに感じ、またツイてると感じた。すると突然、両親が死の床についた。そして両親は死んだ。死に際にぼくたちは両親の手を強くつよく握り、なにもかも許すよと言った。なにもかも。そう言いつつもぼくたちの声は掠《かす》れていて、というのもホントのことを言ってる自信がなくて、それを勘づかれまいかと怖かったからだ。それから一年足らずで息子が生まれ、息子はまた木に登りてっぺんで安心して、ある段階になると木から降りて大学に行った。ふたりっきりになると寒くなってきた。ほんと言うと、ほら穴に隠れて、恐竜が凍りついて死んでいく様子を見ていた太古の寒さほどじゃなかったが、それでもまだ寒かった。そのあと、気分がよくなると友人が言ったので、演劇のワークショップに行った。ぼくたちは即興のレッスンを与えられ、一度目のレッスンでは互いに毒を盛り、二度目のレッスンでは互いに浮気しあい、三度目のレッスンでは重くてはっきりしない訛《なま》りで英語をしゃべる先生が「では、いまからパートナーを交代しましょう」と言った。瞬く間に、ぼくたちではなく、ぼくだけになった。あたらしいパートナーの女性は「あなたが赤ん坊で、わたしがあなたを産んでおっぱいをあげて、あらゆる災いから守ってあげるレッスンをしましょう」と言った。「もちろん」とぼくは言った。彼女がぼくを産んでおっぱいをあげ、あらゆる災いから守り終わったところで終了時間が来て、変わった訛りの先生は、このレッスンで太古の記憶が戻りましたかと聞いてきて、ぼくは何百万年も前の記憶、大陸が分裂する以前の記憶さえ戻ってしまったと認めたくなかったので、いいやと言った。それから家で、ぼくたちはほんのささいなことで、創造されて以来最悪の大喧嘩をした。ぼくたちは怒鳴りちらし、泣きわめいて、前日に訊ねられたら壊れっこないって返事しただろうものをぶち壊した。それから所持品をスーツケースに詰め、入りきらないものはスーパーのレジ袋に押し込んで、大金持ちの友人のマンションまでホームレスみたいに荷物を引きずって行くと、友人はぼくたちのためにリビングの最高級ソファーに色あせたシーツを敷いてくれた。友人はいまこの瞬間、世界が終わったように見えたとしても、明日になれば怒りや屈辱はすべておさまって、なにもかもが違って見えるだろうと言った。ぼくたちは、いや、あそこではなにかが壊れ、粉々に砕け散ってしまったから、もう二度と修理も治療もできないんだと言った。友人は細長いタバコに火を点けて言った。

「オーケー、なるほど。だけどそれは置いとくとして、なんで君はずっと複数形で話しているんだ?」返事をする代わりに自分のまわりを見ると、完全に、ぼくはもうすっかり、ひとりぼっちだった。

訳者あとがき

本書はヘブライ語版『תקלה בקצה הגלקסיה Takala Be-Ktze Ha-Galaksia』全篇を、英語版 *Fly Already: Stories* を参考に邦訳したものである。エトガル・ケレットの著作はいままで世界四十か国以上で翻訳されており、二〇一九年にはイスラエルで最も名誉ある文学賞サピール賞を本書が受賞した。アメリカの書評誌『カーカス・レビュー』は本書について「今回もケレットは得意の滑稽で、不条理で、ときおりディストピア的な洞察力を見せる。（中略）どの話でも称賛に値する努力で巧みに構成で遊び、身内や信仰、国に対して品行方正にふるまうのを陽気に拒否する。社会的規範を批判するのに事欠かない不敬なストーリーテラーだ」というコメントを寄せている。二〇一八年にはオランダ人監督によるケレットのドキュメンタリー映画『エトガル・ケレット―ホントの話―』が国際エミー賞を受賞。日本では二〇一五年に母袋夏生氏の訳で刊行された『突然ノックの音が』（新潮社）を皮切りに、息子の誕生から父の死までの七年間を描いたエッセイ『あの素晴らしき七年』（秋元孝文訳、新潮社、二〇一六年）、過去の作品から選りすぐって収録された『クネレルのサマーキャンプ』(母袋夏生訳、河出書房新社、二〇一八年)、そして本書と、ほぼ一年に一冊のペースで刊行が続いている(二〇〇五年には絵本も出版されている)。エトガル・ケレットは日本のみならず世界的にますます存在感をはなっている作家である。

ケレットは映画監督で絵本作家でもある妻シーラ・ゲフェンと息子のレヴとテルアビブに暮らしている。テルアビブは地中海に面していて、標高の高いエルサレムより気温が高く湿気がある。スタートアップやハイテク産業の中心地で、毎年大規模なLGBTQパレードが開催されるなど先進的で開放的な面と、セキュリティチェックが日常化しているどことない緊張感が共存する独特な場所だ。ケレット自身も映画監督として活動しており、シーラと一緒に監督を務めた『ジェリーフィッシュ』は二〇〇七年カンヌ国際映画祭カメラドールを受賞した。映像作品やテレビ番組への出演も積極的に引き受けており、世界一狭い家として知られるポーランドの別宅、その名も「ケレットハウス」を公開して話題になったりしている。そして、二〇一九年にはシーラと共に監督脚本を務めたフランスの新作テレビドラマシリーズ『ミドルマン』の公開が控えており、日本でも十月の二人の来日に合わせて東京、京都、神戸で上映予定だ。

ケレットは超短篇作家と呼ばれ、テーマは幅広く、その発想は型破りである。本作でも、ゲームのヴァーチャル空間と戦争の現実が混在する近未来のアメリカの若者を描く「フリザードン」、ウサギを父親だと信じる三つ子を児童文学風に描いた「父方はウサギちゃん」、アンドロイドの視点を通して人間の尊厳を逆説的に問う「窓」、旧約聖書『創世記』のヤコブの梯子をモチーフにした「はしご」など、縦横無尽に読み手の想像力を掻き立てる。

そんなケレットの作風はシュールや不条理と形容されることが多い。カフカに影響を受け続けているというケレットの作品がそう言われることは意外ではないかもしれないが、シュールや不条理というと、ともすれば「意味がわからない」みたいに受け取られがちだ。しかし、それはケレットのまわりでいままさに起こっている圧倒的などうしようもない現実を凝縮した表現である。自分の作品をシュールだと思うかという質問に対してケレットはこう答えている。

リアルとシュールの差は、客観的な地平にしか存在しません。主観的な地平において、重要な違いは真実か真実でないかです。私たちの主観的な経験はシュールであり、かつ真実でありえます、ちょうど主観的な経験がリアルで同時にまったく間違っていることがあり得るように。私は主観的な物語を書きます――客観的な物語をどう書いていいか私にはわかりません――そしてひとたび書くと、自分が感じたこと、考えていることが表現できているかのみに関心があり、科学的に正しいかどうかにではありません。(『パリス・レビュー』、二〇一二年)

ちょうど幻覚がまわりから見れば客観的事実ではないが、本人にとってはリアルな経験であるように、主観的な真実が社会的なものさしで測られる現実と非現実の境目を軽々と跳躍することがあり、そこに数々の悲劇や喜劇が生まれる。ケレットはあえてそれを描く。だからケレットの話は一見突拍子がないように見えても、読む人の心には生々しいのだろう。

ケレットの小説はイスラエルやユダヤ人についての知識がなくとも楽しめるが、本作品ではホロコーストの記憶がひとつのキーワードになっていることは確かだろう。「タブラ・ラーサ」はヒトラーのクローンにホロコースト生存者が復讐する話だし、本書のタイトルでもある「銀河の果ての落とし穴」はホロコースト記念日に母親を脱出ゲームに連れて行きたいという男を通して、人間の傲慢さを俯瞰する話になっている。ここでいうホロコースト記念日とは、国際的に定められているホロコースト記念日とは別にイスラエルが独自に設定した記念日で、当日は午前十時になると国中にサイレンが鳴り、運転中の車もストップして黙禱する。この日は、娯楽施設をクローズするのはもちろん、テレビやラジオも明るい曲を流さないようにする。訳者がヘブライ大学にいたときは授業を中断して講堂に集まり、そこでホロコースト生存者を親族にもつ学生などがホロコーストについて語り、そのあと黙禱の時間がもたれた。

ホロコーストの記憶には大きく分けて三つある。個人的記憶、集団的記憶、そして世界的記憶だ。個人的記憶とは、ホロコーストを経験した人の直接的な記憶であり、多くの生存者が指摘するように、そこには伝達不可能性がつきまとう。イスラエルのホロコースト記念日は集団的記憶のいい例で、ホロコーストという過去があって現在のイスラエルがあるという、内外に向けた明確な意思表示になっている。世界的記憶とは、主にアメリカでテレビドラマや映画などのメディアを通してホロコースト／アウシュヴィッツが苦しみのシンボルとなり、大衆化されて世界中に広まったことがあげられる。それにより、奇妙にもホロコースト生存者に対する嫉妬や羨望のようなものさえ生まれ、実際にホロコースト経験者であるかのように偽って自伝的小説を書く者まであらわれた。その異なる三つのホロコーストの記憶は互いに相容れなかったり、影響しあったりする。イスラエル国内に目を向けてみると、イスラエルはヨーロッパだけでなく中東・アフリカなど様々なルーツをもった人たちが集まっており、当然ホロコーストの記憶は個人によって異なってくる。「銀河の果ての落とし穴」中のメールのやりとりからはそんな一様でないホロコーストの記憶の複雑性が垣間見える。ホロコースト生存者であるポーランド系ユダヤ人の両親のもとに生まれ、複雑なイスラエル社会に住みながら世界で活躍するケレットは、ホロコーストの記憶にいくつもの面があると肌で感じているだろう。

なお、作品の中にでてくる日本人にはなじみのないイスラエルの習慣もある。たとえば、イスラエルでは聖書に基づいて一週間のはじまりを日曜日としており、金曜日と土曜日が休みになる。とくに、金曜日の日没から土曜日の日没までは安息日と呼ばれ、基本的に交通機関すべてがストップし、一部を除いて店が閉まる。「パイナップルクラッシュ」の主人公が日曜が嫌いと言うのは、日本でいう仕事がはじまる月曜が憂鬱という意味である。タイトルのひとつである「バンバ」は、イスラエルでは誰もが小さいころから食べているスナック菓子の名前。また、イスラエルでは男女とも高校卒業後に兵役が義務付けられている。ちなみに、ケレットの話はアメリカが舞台になっているものも多い。ケレットはアメリカのユダヤ人作家たちと親交が深く、作家としては「アイデンティティーの問題に取り付かれている」彼らに、より親近感があるとも語っている。

最後に、ケレットのユーモアについて触れておきたい。ケレットにとって、ユーモアとは面白さをめがけて出てくるものではなく、車のエアバッグのように緊急事態にでてくるのだと言う。ドキュメンタリー映画『ザ・ラストラフ』（二〇一六年、日本未公開）でケレットはこう語っている。

ユーモアとは耐えがたい現実とつきあう手段なのです。抗議する手段でもあり、ときには人間の尊厳を守る手段でもあります。やりたくないことをやらなければいけないとき、ユーモアをもつことは「ほら、まだおれは人間だぜ」と言っているのと同じなのです。

モンティ・パイソンやアメリカの毒舌系スタンダップコメディなど、リスクのある笑いが好きだと言うケレットのユーモアには、つらいときだからこそ、人生のすべてを、世の中のすべてをあまり真に受けすぎるな、というケレットのやさしい眼差しがあるように思う。それは諦念ではなく、目の前に立ちはだかる現実との関係を、自分と外の世界に向けてあらたに結びなおす積極的な行為でもある。兵役中に友人の自殺を経験して小説を書きはじめたケレットにとって、ユーモアと書くことは切り離せない生き抜くためのツールなのだろう。

なお、「フリザードン」は『すばる』二〇一七年二月号掲載の秋元孝文訳「ヒエトカゲ」を参考にした。エトガル・ケレットの全作品のリストは河出書房新社から出ている『クネレルのサマーキャンプ』に掲載されているので、気になる方はご参考いただきたい。

本書を翻訳する上で多くの方々にお世話になった。ヘブライ語翻訳家の母袋夏生さんの助けなしには本書は成立しなかった。翻訳する機会を与えてくださり、また根気よく、翻訳に関する山のような質問にこたえていただいた。本当にありがとうございました。サピル・ベン＝ヌンにはエルサレムにいるころからヘブライ語のスラングや表現についてたくさん教えてもらった。サピル、ありがとう。東京でヘブライ語の相談にのってくれ、つい最近父親になったガイ・バルダックに心より感謝。イディッシュ語の質問にこたえてくださった鴨志田聡子さん、ありがとうございます。また、的確な助言をくださり、出版にご尽力いただいた河出書房新社の島田和俊さんに御礼申し上げます。最後に、翻訳の仕事を始終励ましてくれた藤澤正路に感謝します。

二〇一九年六月

広岡杏子

著者略歴

エトガル・ケレット

אתגר קרת（Etgar Keret）

1967年イスラエル・テルアビブ生まれ。両親はともにホロコーストの体験者。兵役中に小説を書き始め、短篇集『パイプライン』（1992）でデビュー。短篇集『キッシンジャーが恋しくて』（1994）で英語圏でも人気を集め、『突然ノックの音が』（2010）はフランク・オコナー国際短篇賞の最終候補となる。ほかに、短篇集『アニフ』（2002）、エッセイ『あの素晴らしき七年』、中篇「クネレルのサマーキャンプ」を原作としたグラフィック・ノベル『ピッツェリア・カミカゼ』（作画＝アサフ・ハヌカ、2004）など。作品はこれまでに世界40か国以上で翻訳されている。絵本やグラフィック・ノベルの原作を執筆するほか、映像作家としても活躍。2007年には『ジェリーフィッシュ』で妻のシーラ・ゲフェンとともにカンヌ国際映画祭カメラドール（新人監督賞）を受賞している。テルアビブ在住。

訳者略歴

広岡杏子（ひろおか・きょうこ）

英国ユニバーシティ・カレッジ・ロンドン（UCL）、ヘブライ語・ユダヤ学部卒業。エルサレム・ヘブライ大学ロスバーグ・インターナショナルスクール修士課程在籍中。

銀河の果ての落とし穴

2019年９月20日　初版印刷
2019年９月30日　初版発行

著　者　エトガル・ケレット
訳　者　広岡杏子
装　丁　川名潤
発行者　小野寺優
発行所　株式会社河出書房新社
〒151-0051　東京都渋谷区千駄ヶ谷2-32-2
電話　(03) 3404-1201〔営業〕(03) 3404-8611〔編集〕
http://www.kawade.co.jp/

組版　株式会社創都
印刷　株式会社亨有堂印刷所
製本　小高製本工業株式会社

Printed in Japan
ISBN978-4-309-20780-3